# 文化組織

No. 22

文化組織・十月號

主張

# 何のためにものを書くか？

何のためにものを書くか？

ものを書く人間にとつて、これは不可避の設問である。そこには諸々の「ため」があるだらう。志を述べるため、美の追求のため、眞なるもののため、アッピールするため、生活のため、名聲を博するため、等々　しかしながら、僕の問題提起は、それらにとどまらぬ、それらでは規定づけられぬ、むしろ白紙的ともいふべき素朴な唯一の「ため」に係つてゐる。

「ため」とは何だ、と諸君は反問されるかも知れない。われ〳〵は「ため」などといふ第二義的なものを考慮にいれる餘地はない、と諸君は昂然としていふかも知れない。書かずにゐられぬから書く、書くことが一切だ、と。――諸君はすばらしい自信家だ。さひはひなるかな、諸君は、諸君がものを書くといふことにたいする確固不拔の信念ともいふべきものを持つてゐるのだらう。そこには、疑惑などといふ忌まはしいものの入りこむ隙間はないのだらう。諸君は書くことの「必然」のうへにあぐらをかいてゐる。

ところが、幸か不幸か、僕にはさういふ諸君の信念ともいふものが、すこぶるえたいの知れないものに感じられるのだ。そして、失敬ながら「必然」のうへにあぐらをかいてゐる諸君が、丸太ン棒のやうに鈍感なものに見えたり、ふはふはとしてとりとめのないものに見えたりするのだ。諸君の自信たつぷりを、僕は了解に苦しむと同時に、責任のない放言を聞く様に感じるのだ。「信念」や「必然」

はしば〳〵問題回避のために持ち出されるものである。

何のためにものを書くか？

そんなことを解りきつたことだ、いまさら問題にするなんて野暮の骨頂だ、とナメてかかる「インテリゲンチャ」を僕は斷じて信用しない。現代は自明のことがらにミスティフィケーションのある時代だ。このばあひ僕は、ミスティフィケーションに「言ひくろめ」「瞞著」などの譯語のあることをもちろん勘定にいれてゐるのだ。何が解りきつたことだ。何が野暮の骨頂だ。解りきつたこととして諸君が書くといふことは、所詮、左顧右眄をカムフラージュする「ため」のミスティフィケーション以外ではない。正體をさらすことによつて正體をくらますか、正體をくらますことによつて正體をさらすか、どつちかだ。

人間の内部にある混沌としたもの、とらへがたきもの、暗い神のごときもの、それらはもちろん外界の混沌との關聯なしには存在しない。「複雜怪奇」は複雜怪奇として傍觀するものにのみ複雜怪奇である。行動をはなれた「インテリゼンス」の氾濫は、複雜らしきものの價値づけと、單純らしきものの蔑視とに慣れてゐる。グロテスクの禮讃、モダニズムとミスティシズムの抱合、論理の拒否だが、ものを書く人間にとつて、最も初歩的な問題は絶えず不可避につゐてまはる。

何のためにものを書くか？

この設問にこたへるためには、われ〳〵は幾千度でも白紙にかへらなければならぬ。慣れたことの一切を放擲することによつて、問題は常に新らしい形で提起されるのだ。

（岡本　潤）

# 歌

（承前）

花田清輝

レンズのなかをとほつてゆく光りのやうに、素朴は、屈折を經て、はじめて白熱する。それが我々の心をやくのは、自然のままであるからではない。人間よりも、動物のはうが素朴だと誰がきめたか。暴風雨だとか、地震だとか、洪水だとか、折々、不意に氣のふれたやうに大きく痙攣しはじめる自然にたいして——或ひはまた、狡智にたけ、虚をねらひ、絶えず缺乏をおそれて彷徨してゐる、卑小な動物のむれにたいして、あくまで人間が、人間としての存在を確保することができたのは、歸するところ、かれが反自然的であり、反動物的であり、對立し、抵抗し、拒否することによつて、人間獨自の素朴をまもりとほしたからではないのか。ここに、鬪爭によつて鍛へあげられた、堅牢無比な、生産する人間にのみあたへられる素朴の逞しさがあるのであつて、馴らされた自然と馴らされた動物とを暗默のうちに假定し、平和な自然のなかで、平和な動物のやうに、飲み、食ひ、愛し、瞬間を生き、現在をたのしみ、ひたすら消耗することをもつて、自然への復歸、動物への還元と考へ、そこに人間の素朴な姿を見いださうとする蟲のいい見解が、實はあはれむべき感傷にすぎず、原始へのノスタルジア以外のなにものでもないことはいふまでもあるまい。子供の素朴、野蠻人の素朴——それは無力であり、脆弱であり、たちまちにしてうつろふものである。問題は、かかるものに持續と力とをあたへ、永久に我々の使用に堪へ得るものに、いかにして轉化するか、といふことだ。生産する人間にのみゆるされる素朴は、それ自身また生産されなければならない。人間の素朴は、所有者のゐない土地に、枝もたわわにみのつた熱帶の果實のやうに、誰にでも容易に、無償で手にいれるわけにはゆかないのだ。我々は、それを育てあげるために、鐵骨と硝子とで組立られた、透明な溫室を必要とする。

ゴッホは熱帶へ行かうとはしなかつた。このオランダ生れの小鬼のやうな顔つきをした男は、パリでは畫商の店員、ロンドンではドイツ語とフランス語の教師、ベルギーの鑛山町ボリナージュでは福音の傳道者、アルルでは周知のやうに畫家、さうして、ふたたびパリにあらはれたときには、狂人であつた。躍起になつて突き離さうとするヨーロッパに、かれは、あくまでしがみついた。それはすべて、文明の淤泥のなかで轉々としながら、人間の素朴を――芽ばえのうちに踏みにじられてゆく人間の素朴を、どこまでもまもりとほさうとしたからであつた。ロンドンでみた勞働者街の光景は、ボリナージュできいた落盤のひびきは、アルルで知りあつた農民の話は――さうして、就中、果《はて》もなくつづく、かれの孤立無援の窮乏は、かれにたいして、この世のからくりの秘密をあかすとともに、身にしみて、生の立場の正しさを確信させた。かれは、かれらの味方であつた。否、かれは、かれらのひとりであつた。

かれらのひとりとして制作すること――それは、かれの好きであつたディケンスや、ミレーのやうに制作しないことだ。そのためには、まづ自分にたいして徹底的に苛酷であること。人生の樂な流れにつくことを拒み、すすんでみづからに困難と障害とを課し、殆んど制作を放棄するところまで自分自身を追ひつめ、しかもなほ制作をつづけ、ますます制作のなかへ沈みこんでゆくといふこと。

底深く沈むにつれ、はじめてかれは、かれらのひとりとして感ずるであらう、すべてが暗く、さうして靜かだが、いかにかれらのもつ底流のはげしいかを。馴れるにしたがつて、かれはみるであらう、シュペルヴィエルの描いた「燐光人」のやうに、螢に似た光りを放ちながら、いかにかれらが、このどん底で不屈の意志をもつて生きつづけてゐるかを。さうして、かれは知るであらう、この寂莫のなかで、かすかではあるが、絶えず鳴りひびいてゐる歌聲のあることを。

このものすごい底流も、この仄かな光りも、このあるかなきかの歌聲も、すべては生の韻律によつてつらぬかれてゐるのだ。かれは、色彩の韻律的な展開によつて、この生の韻律を捉へ、これに明瞭な形をあたへなければならないのだ。アルルを吹きまくる朔風《ミストラル》を眞向からうけながら、表現の苦勞に痩せほそり、かれが、かれの肉體をすりへらしてゆけばゆくほど、反對にカンヴァスのなかでは、底流はいよいよ速く、光りはめくるめくばかりになり、歌聲はとどろきわたるのであつた。平原が、丘陵が、樹々が、雲が、部落が、藁山が、色彩で燃えあがり、搖れ、わめき、身もだえをし、抑壓に抗して、いつせいに蜂起するもののやうに、堰をきつて、畫面いつぱいに、どつと氾濫しはじめるのだ。ゴッホはいふ。「我々の探究するのは、タッチの落著きよりも、むしろ、思想の强度ではないか。即座に寫生をして、どんどん仕事を片づけてゆかなければならないばあひには、タッチを落著け、よく秩序だててゆくことが、いつでも可能であらうか。それは、突撃の劍術よりも、より以上に可能性があらうとは思はれない」と。

體あたりの突撃以外に手はないのだ。しかし、忘れてはならないことに、この體あたりとは、直觀だとか、本能だとか、內的な衝動だとか——人間と同様、動物にもあたへられてゐる自然のままの心の狀態に左右され、無我夢中でうごくことではない。この劇的な動作が、眞にその恐るべき力を發揮するのは、これを支へてゐる思想そのものの强度によるのだ。自己の思想の正しさを確信すればこそ、人間は、やぶれて悔なき果敢な突擊を試みもするのだ。さもなければ、體あたりとは、追ひつめられた鼠が、猫にむかつてゆくときのやうに、逃避の一形式にしかすぎないであらう。

　人間の素朴は、體あたりにおいて、白熱する。それは最も反自然的であるが――しかし、ここで一言して置かなければならないことは、反自然的であるといふことが、もとより生産と關係してゐるかぎりにおいて、自然から眼をそむけ、これを侮蔑し、これにそむき、抽象的な自己の思想を、熱狂的《ファナチック》な態度で信ずることを意味しないといふことだ。それは自然と對立し、自然にむかつて働きかけ、自然から、實りゆたかな收穫を造りだすといふことだ。そのためには、まづ何ものをも除外せず、何ものの前にあつてもたじろがず、穴のあくほど、この自然をみつめることからはじめなければならない。思想の强度は、かかる視覺の强度に依存するのだ。

　いつたい、みるといふことは、いかなることを指すのであらうか。それは、あらゆる先入見を排し、それのもつ意味を知らうとせず、物を物として――いづさう正確にいふならば、運動する物として、よくもなく、わるくもなく、うつくしくもなく、みにくくもなく、虚心にすべてを受けいれることなのであらうか。それが出發點であることに疑問の餘地はない。しかし、ゴッホにとつては、それらの物のなかから、殊更に平凡なもの、みすぼらしいもの、孤獨なもの、悲しげなもの、虐げられ、息も絶えだえに喘いでゐるもの――要するに、森閑とした、物音ひとつしない死の雰圍氣につつまれ、身じろぎもしさうもない、さまざまな物を選びだし、これを生によつて韻律づけ、突然、呪縛がやぶれでもしたかのやうに、その假死狀態にあつたものの内部にねむつてゐた生命の焰を、炎々と燃えあがらせることが問題であつた。さうしてこれは、自己にたいして苛酷であること――ともすると眼をそらしたくなるものから、斷じて視線を轉じないことと、たしかに密接不離な關係があるのであつた。

また、かれは、この生の韻律を、多少とも生きいきさせるのに役だつと思ふばあひには、たとへ最も不協和な音符であらうとも、これを敢然とむすびつけ、その結果、秩序正しい韻律の展開を期待してゐる人々を惱ますことになるにしても、それは仕方がないと考へてゐた。


ヘーグの町で、ゴッホがクリスチーネと一緒に生活することになつたのは、單に內的な衝動に驅られたためでも、或ひは、單にヒューマニズムの思想を、思想として信じてゐたためでもなかつた。それはかれがかの女をみたためであつた。おそらく、一足の古靴のやうに。一脚の椅子のやうに。一本の日向葵のやうに。かくて無一文の男と、見捨てられ、子供をかかへ、姙娠してゐる街の女との生活がはじまるのだが、これはまことにドストエーフスキイ的な主題である。肉體だけを愛する男なら、クリスチーネに見むきもすまい。思想だけを愛する男なら、同情したり、忠告したりするにすぎまい。しかし、ゴッホは結婚した。誰がみたつて無謀の沙汰だ。まさしく體あたりの結婚だ。それはかれにも十分わかつてゐた。だが、どうしても、かれはかの女と結婚しなければならなかつた。ミシュレの次の言葉を呟きながら。「この地上に、女がひとりぼつちで、絶望してゐるといふやうなことが、どうしてあつていいものか。」

のみならず、性《セックス》の問題は、かれにとつて、つねにかれの制作と切り離しては考へられなかつた。かれの制作の信條は、世のつねの藝術家のやうにではなく、庶民のひとりとして制作することではなかつたか。かれらの哀歡を、かれ自身のものとして、制作に反映してゆくことではなかつたか。結婚をしない藝術家は、いかに精進したところで、なにか庶民の生活からは、浮きあがつてゐる氣がするのだ。家庭は、制作にとつて、たしかに桎梏となるであらう。しかし、人生の樂な流れにつくことを拒み、すすんで自らに困難と障害とを課し、しかもなほ制作をつづけるといふことが、かれの制作にとつては、不可缺の條件ではなかつたか。桎梏は、逆にかれの制作に魂を吹きこむことになりはしないか。クリスチーネは、かれの制作の協同者となるであらう。かの女は、かれのモデルになるであらう。助けあふのだ。さうして、つひに桎梏を、闘爭のためのバリケードにしてしまふのだ。これが、この生の歌ひ手の結婚にたいする夢であつた。

かくて慘澹たる生活がつゞき、夢はやぶれた。クリスチーネにとつては、ゴッホの苛酷な愛情、あまりにも理想主義的な過大な要求、さうして、これと反比例する、あまりにも過小な生活能力が、むしろ不可解なものに思はれたであらう。おそらく、かれのかの女にたいする態度には、若干苛酷に失したものがあつたかもしれない。自分と同じやうに、かれは、かの女を、容赦しようとはしなかつた。氣樂に暮らすことはできないのだ。家庭とは休息の場所ではなく、つねに硝烟のたゞよふ戰場の一角である。

このときの記念に、ゴッホは、「悲哀《ソロー》」といふ英語の題をもち、その横に、さきに擧げたミシュレの言葉をしるした、一枚のデッサンを我々にのこしてゐる。まさしくミシュレの文句は書かれてはゐるが、このデッサンは、自分の愛する女を、かつてこれほど殘酷にみた男が、はたして幾人あつたであらうかを思はせる、辛辣きはまるものだ。雜草と枯枝だけの寒々とした風景のなかに、痩せた、疲れはてたひとりの女が、萎びた乳房を垂れ、兩腕に頭を埋め、兩肱を膝にあてて、凝然と蹲つてゐるのである。いささかの溫情もなく、愛人としての錯覺もなく、批判的な冷やかさと鋭さとをもつて、ひたすら正確に、かれはかの女の姿を描きださうと努めてゐるかのやうだ。もしもかかる無慈悲な視線をそそがなかつたとするならば、かれは、決して、かの女に引きつけられることもなかつたであらう。それにしても、どういふつもりで、英語で題をつけたものか。クリスチーネをみたとき、かれの眼底にやきついてゐた、イギリスにおける婦人勞働者の悲慘な姿が、ありありと浮びあがつてきたためであらうか。

ゴッホは敗北した。しかし、この敗北の痛切な經驗によつて、かれの思想は、ますますその强度を増したかにみえる。制作を第一義とし、これを媒介として結合した人間同志が、共同戰線をはつてたたかつてゆく、といふ思想は、家庭から、藝術家のコロニイへと發展していつた。さうして、やがて、かれはゴーガンをアルルに招くにいたるのだ。クリスチーネとは比較にならない、この最も頑强なかれの敵を。

コロニイの實現にむかつて、ゴッホを性急に驅りたてたもののなかに、かれのルネッサンスへの憧憬のあつたことを見落してはなるまい。かれは弟に次のやうに書いてゐる。「ヂョットオやチマブエが、ホルバインやヴアン・アイクと同じやうに、私の心のなかに生きつづけてゐる。そこでは、すべてのものが規則正しく建築學上の土臺の上にあり、各個人がひとつの石の建物であり、すべてのものが相互的に保たれ、記念碑的社會的體系を形づくつてゐる。だが、我々は、完全に無抑制と無秩序のなかに生活してゐる。」したがつて、藝術家は、コロニイをつくり、ルネッサンス的世界を再建し、制作にたいして打ち込んでゆく必要がある、といふのである。まことに單純な思想だが、單純であればあるほど、ゴッホはその思想の强度を信じたのだ。

嘲笑することはやさしい。いかにもこの壯大な夢は、ゴッホが、剃刀をもつてゴーガンを追ひ、相手のつめたい一瞥にあつて、たぢたぢとなり、自分の片耳をそぎ落すことによつてをはつた。しかし、それがなんだといふのだ。白熱する素朴の前にあつては、あらゆる精密な思想も――それが思想にすぎないかぎり、すべて色蒼褪めてみえる。高らかに生の歌をうたひ、勝ち誇つてゐる死にたいして挑戦するためなら、失敗し、轉落し、奈落の底にあつて呻吟することもまた本望ではないか。生涯を賭けて、ただひとつの歌を——それは、はたして愚劣なことであらうか。

微塵になつた夢は、間もなく、毛皮の帽子をかぶり、右の耳を繃帯でつつみ、パイプをくはへるほどに回復する。現在の心境をきかれると、かれは、ゆつくりパイプを口から離し、無愛想な調子でかう答へる。「勝つことか。おれが繪をかいてゐるのは、人生から足を洗ふためだ。」

# 動機の鬱積

## ——四迷について——

倉橋顯吉

「別樣に爲すを得ぬ」と云ふことが根源的な人間の表徴である。——グンドルフ

凡その人間喜劇にはどこかに悲劇的なものが介在する。逆にまた、人間の悲劇と云はれる奴はつねに喜劇臭を放つ。蜜は甘いと同時に苦い。そして人間の生活は單なる概念の演技ではないのだ。

『大奮鬪大活動』の野心ひとつとして成らず、自ら否定した文學者の肩書をくつつけたまゝ、死ななければならなかつた四迷の、悲劇的な運命は實はパセティークでも皮肉でもない。むしろ至極平凡な、ひとつのなりゆきとしてそれを視ること、はげしく「美文素」を嫌つた四迷に對する禮節はそれ以外にはなささうだ。

四迷自らの説明に依れば、二葉亭四迷とはクタバツテシマへの語呂であつた。廿四歳の人間がその樣な名を以て世に出たと云ふ事實は、果して何を物語るものであらうか。ひとは知らず。彼の輝かしい文學的出發は既に、殺氣を孕む不吉な劍のひらめきであつた。「浮雲」第一篇世に出る、名聲俄にあがる、明治廿年のことだ。この年、東京に始めて電燈が點つた。めざめ、起ちあがる、ひとつの新世界。また、その同じ東京から、保安條令の公布に遭つて、幾多の政治家壯士たちが追はれた。だが、その樣な時代を廿歳代で迎へた四迷の政治感覺は一向に冴えぬものであつた。或ひは、かれは既にして同時代の政治が脱し切れなかつた「美文素」の臭氣を逸早く嗅ぎつけて居たのかも知れぬ。いや、單なる文學青年の意識されぬ超然主義であつたのか

も知れぬ。いづれにしても、出來合ひの理論に頼つて『仁』を得、安心立命をはかり得なかつた四迷である。小説を書いて認められ乍ら、文學なんぞを尊ぶ氣風を一旦壞して終ふがいいと云ふ彼である。かれの政治感覺の素朴さは、どうして、ひと癖もふた癖もあるにちがひない。

例へばだ。明治と云ふ時代が汲々としてヨオロッパ的な秩序の移入に奔命して居るのをよそに、若き四迷は早くもベリンスキイ、ゲルツェン、チェルヌィシェーフスキイ、ドブロリューボフにふれ、ゴオゴリ、ツルゲーニェフ、ガルシンなどを讀んで居る。明治的なデモクラシイのナィーヴな精神秩序が四迷をとらへ得なかつたのは或は無理もないことかも知れぬ。「私は懷疑派だ」と云ふ一文を讀めば、四迷が自らの時代を目して『ストリャフヌゥチ（身震ひする・ふるひ落す）と云つたやうな時代……つまり、こびりついて居る思想の血を拂つて、新な清い生活に入らうとする過渡の時代だ』と考へて居たことが判る。直接には、當時の文學的世代に就て述べられた言葉だが、果してそれ丈のものであつたかどうか。「ある政治家の『かぐや姫』評」のごとき、この國の飜譯的浪漫主義の急所に加へられた一擊はまた、澎湃たる美文素の海としての明治のスツルム・ウント・ドランクにも向けられるべきものであつたにちがひない。

「詩の面に表はれた所で見ると、穢土の味を深くも味はずして穢土を厭ひ、理想境は未だ確かに分らぬに只管之に渇仰随喜することになつてゐて、稍輕卒の感がある。—中略—穢土は厭だと最後の判決を歌ふなら、其厭なる所以をも歌つて貰ひたかつた。」

「活潑の生氣に乏しくて、全篇に書卷の氣みちみちたりだ。」

坪内先生に放たれた、これらの矢は、單に「生活本位」の「普通人」の意見としてばかりではなく、まさに扇の要を射た。そして「書卷の氣にみちみち」て居たのはひとり「かぐや姫」ばかりではない。夜のひきあけにも似た新時代明治も一面その樣な書卷臭につきまとはれて居、四迷は自らの皮膚にそれを感じたのだ。「板垣死すとも自由は死せず。」さうしたベルレトリックと四迷の謂ふ野心との間には、測り難い深淵が橫はつてゐるのである。

「坪内先生は少し美文素を取り込めといはれたが、自分はそれが嫌ひであつた。否寧ろ、美文素の入つて來るのを排斥しようと努めたといつた方が適切かも知れぬ。」
（予が言文一致の由來）

散文に於けるベルレトリックの否定、それは同時に、あらゆる人間生活に纏綿する「美文素」の否定でもあつた。ものそのものに生身をぶつつけてゆくためには、先づ「美文素」のヴェールを剝ぎ取らねばならぬ。かれは恐らく、最初の自覺せる散文精神であつた。然し乍ら、かれの「美文素」の剝奪は時に文學の世界を脱し、勢ひの赴くところ、かのマキアヴェルリを想はせる政談「ひとりごと」ともなる。

事物の論理は動機の拮抗とその解放に於て成立する。外的衝動が動機そのものに殆んどかかはらぬのは云ふまでもない。そして機會《チャンス》はいつもはるか動機の後方にある。いやもつと正確に云へば、チャンスを決定するものは裡なる動機なのだ。四迷にあつて特徴的な、かの重なり合ふ、だが解放されぬ動機の群の、いはば糞詰りの狀態。それは旣に明治のヂェネレェションにふさはしくない。いや、それどころではない。百千の機會を供し得た筈の時代にあつて、四迷は笑止なほど機會に出しぬかれる。むしろ、機會に閉め出《シャット・アウト》されると云つた方がいい。これを笑止と云はずして何と云はう。だが、出しぬかれ、閉め出される四迷の笑止さはかれの動機のはげしさにつねに正比例する。

『ならぬはひとのなさぬなりけり』と云ふ俚諺的常識は市井平凡の誠實を嘲笑する。誠實とは、そして正に嘲笑されるに値するものだ。特に、ひとつの現實を行動に於て出しぬかうとする人間にあつては。チャンスをつかむためにはある種の惡者的、換言すれば政治家的感覺がなければならぬ。後生大事に汚れなき誠實を持ち步いて居る樣な手合ひがチャンスに出しぬかれるのは、いささかも無理のない話だ。いはゆる『無用人的性格』が文學に於てかち得た人氣は恐らくここにある。だが、四迷は無用人の、アンニュイの怡しさを知らぬ。ロシヤに於て、オブローモフシチィナと呼ばれたやうな無用人タイプは、すくなくとも、ルネッサンスにも例ふべき明治世代の四迷にはさらにみる事が出來ない。いはば、行動しない無用人と、行動し乍ら、動機の激しさに敗れる無用人と。

四迷の年譜を繰つてみれば、作家生活廿三年を通じて、前後十年にも亘るブランクがあることにひとは直ちに氣付く。「浮雲」第一篇による祝福された（或は不吉な）出發につづく明治廿六年、內閣官報局に職を奉じてから、卅四年官を罷めるに到るまでのほぼ九年を筆頭に、飜譯の發表すらない年が屢々ある。官報局員としてのかれ、海軍編修書記としてのかれ、外語教授としてのかれ、それらのポストにあつて、四迷は恐らく鬱勃たる動機の重なり合ひを昂じさせて行つたにちがひない。持病と傳へられた神經衰弱症は、かうした糞詰り狀態の、直接の生理的表現であつたのであらう。かの人一倍激烈で執拗な動機はひとつとして解放される事なく、いよ〳〵内攻してゆき、「作をして居れば無意味だ」と云ふ意識と相俟つて、かれの作家的活動を抑制して行つたと考へられる。「官立の商業學校に止らなかつたと同樣に、官立の大學にも入らなかつた」ほどの四迷にとつて、かれの「大奮闘大活動」の野心にとつて、さうした生活が何にもまして大きい桎梏であつたらうこともまた。そして、それは餘りに永い間續いたのだ。

明治卅五年、漸くにして北京にまでのびた足も、風雲混沌の蒙古までは遂にとどかず、むなしい足ぶみになつて終ふ。

劍賣りて田畑を買うて故里に
　我かへらんか思ふこと成らず

劍を賣て斗酒買來れ落梅花

僅々一年に足らぬ低調生活に早くもこの樣な不滿を喞たずには居れなかつた四迷。かれが暗黒の蒙古——恐らくそこにこそかれのひたすらに念じて來たエンタァプライズ・動機の解放はあり得たかも知れぬ——に入り得なかつた理由は果して何處にあつたか。題破芭蕉と云ふ句は、永遠に出しぬかれて終ふ四迷の、逆意のペェソスと云へる。

我に似てやれたきまゝの浮世かな

かうした諦めにちかい風雅の手すさびも、あの熾んな動機のスポイルには遂に役立たぬ。許りか、むしろそれは、我と氣付かぬ身中の虫のやうに、無爲の生活を蝕む「美文素」として、時に四迷を驚かせたのではないか。「作をして居る」ことの無意味よりも、それはさらに甚しいのだ。

日露の風雲急との報せこそはまさに

　手枕の夢にふりこむ霰かな

であつたらう。いな、天來の偶然、いささかの刺激は、たえずめざめて居る四迷にとつては、むしろはるかに遲すぎる。時期を失して居さへする。ひとつの驚き、ひとつの感嘆もない、その頃の句または歌は、またその頃のかれの生活であつたのだ。自然と云ひ、人間と云ひ、かれに何を語り得るだらう。四迷はふるき日本の詩人たちの樣に耳傾けるものではない。かれは語らねばならぬ。かれのエンタァプライズ、かれの行動、によつて。午睡の夢にふりこむ霰すら、かれを驚かせるには足らぬ。つねにめざめ、つねに呼びたてられて居る、その樣な人間にとつて偶然は最早何の意味も持たぬ。まさにそれは遲きにすぎる。

　四迷は日露の風雲のなかにとびこむつもりで、北京を去つて歸京する。蛟龍昇天の思ひに、恐らくかれは胸ふくらませて居たであらう。だが——さきに北京までゆき、然も川島浪速の如き知巳を持ち乍ら、蒙古入りを果さなかつたかれに、日露の大戰役がどの樣な大活動の舞臺を與へ得たであらうか。ふたたび、風雲はかれの傍を通りすぎ、蛟龍の夢は又もや地に落ちた。四迷のエンタァプライズはこの時最大のチャンスを失つたと云へる。つねに激烈に機會に備へた動機が、いつの間にか出鼻を挫かれ、ものの見事に出しぬかれて終ふ。宿命。じつにそれはフェータルだ。然し、宿命とは生きねばならぬものの謂に他ならぬ。裡なる動機を抑壓し、修正し、韜晦し、はては去勢して終ふ、その樣な人間に、宿命と云ふことばに勝る慰めはない。それは既にして手垢に汚れた「美文素」である。四迷の繰り返し繰返される、唯一にして絕對なる境地へ自らを追ひ込まうとする行動の意慾は、生きられねばならぬものを假借するところなく生きようとする、むしろ原始的な、血まみれのイデエに他ならぬのだ。理想と現實、詩人と生活人、かかる對立命題が、ここに猶何を語り得るか。

　四迷に於ける血のざはめきにはふたつの流れが時に平行し、時にもつれあひ、背き合つて居る。屢々、かれの唇を洩れた「帝國主義《インペリアリズム》」のあのむしろ子供つぽいトオンにつながる、政治的或は社會的なエンタァプライズの意慾と、文學を疑ひ、惡鬼の形相を以て平凡の意味に喰ひ下つた作家精神、これらの恐らくは抵抗し合ひ、ひきあふ異質のものの、とき放ち難い結合のうへに、かれの度重なる失敗が生れ、又失敗のうへに殺到する動機のはげしさが輪をかけられて行つた。

　かのロマンティックなフランス社會主義の直系であり乍ら、次第に現實のなかに突入することによつて、美文素なき正義に近づかうとしたロシヤのナロードニキ・雜階級《ラズノチーネツ》の作家達が否應なく追ひ込まれて行つた袋小路に四迷の美文素なき野心も亦落ちこんでゆき、僅かに動機のマヌーヴァとして、文學の中にしか殘らない。ロシヤ人民派作家のモニュメンタルな動機は八〇年代に遭遇した。一面に於て、それはまさに「劍を賣つて」の時代であり、他方では、盲馬の如きテロル、蒼馬を見たりの時代であつた。よしんばそれが絕望的な形に於てであれ、薄明にも似た社會環境のなかに動機は激發し、解放された。だが四迷の世界は明るすぎ、合理的にすぎて、かれのデモニッシュな動機はうま〳〵としてやられるばかりだ。

「他人は作をしてゐねば生活が無意味だと云ふが、私は作をしてゐれば無意味だ、して居らんと大いに有意味になる。この相違を來すには何か相當の原因が無くばなるまい。」（私は懷疑派だ。）

小説にはどうしても嘘がある。それはフィクションの問題にとどまらない。かれの嘘への反撥は、最早別様には爲し得ぬ動機への誠實によつて支へられる。「眞劍勝負」の絶體。つまり、過去を信じない、一回限りの、生きるか、死にきるか。あの時は恐かつた、あの時は嬉しかつた。凡そあの時にまつはる嘘は、時に現在をすら歎きかねない。四迷はそれを知つて、しりぞけたのだ。かれは、むしろ未來に欺かれることをこそ欲したにちがひない。

未來、だが外から來るそれでなくて、裡なるカオスから轉び出る、ひとつの結晶としての。

文學は男子一生の仕事に非ず。

私は懷疑派だ。

齡すでに不惑をすぎ、死の一年前の四迷は、「矢張例の大活動大奮闘の野心はある――今でもある」と大眞面目で云ひ放つて居る。ひとは惜むべしと云ひ、もう少し生かして置いたらと惻隠の情をのべた。だが、もう少し生かして置いたら、果してどうであつたか。何を仕出かすか判らぬ、その様な期待も遂にむなしくして終つたのではないだらうか。

明治四十二年五月十日午後五時十五分、ベンガル灣（北緯六度三分、東經九十二度三十四分）洋上に逝く。と年譜はかれの終焉を記して居る。動機の終焉。ひと握りの無機物質と化して、始めて、四迷はノルマルな論理の世界に入ることが出來た！（十六年八月）

# 死について

新居格

わたしはこの數年、死について考へることが多い。といつてもわたしは厭世主義でも厭人でなく、悲觀論者でもないのである。客觀的に冷靜に死について考へるだけだ。

　加能作次郎氏の訃報を新聞で見たときに感じたのだが、同氏は二三日風邪心地で寢込んだ。それが急性肺炎になつて急逝されたとあつた。當人も直ぐ癒ほることだと思つてゐたらうに、と思つた。隨分長く無沙汰をして相見る機會もなかつたが、十數年以前には牛込南榎町の近くに住んでゐたので、告別式には出かけた。藥王寺町の家は始めて行つたのだが、その前の加賀町の家には一度訪ねたことがある。邸内の大樹が繁らせた枝を通りに差延べてゐたことを記憶してゐる。

　加能さんところの歸りに新宿行のバスをしばらく待つてゐた。夏ながら、空のいろにも秋らしいものが感じられたし、高いポプラの落葉が風に搖れてゐるのも等しく秋らしい淡い哀愁が湧いた。わたしは二三日の風邪、それが急性肺炎になつて氏の生命を奪つたといふ事實があまりにも呆氣ない、それだけに儚なさの感じが强かつたのだつた。

　若杉昌子さんの死もわたしの聞いたところでは呆氣ない感じを受けた。何でも熱があつてそのために咽喉が乾き、丁度女中も留守で誰もゐないところから、自分で水をのみに臺所へ行つて倒れてなくなつたとかであつた。

　急に亡くなられた友人達はどうも亡くなつた感じが薄いので、時たま若杉さんの家の傍を通ると未だに健在でゐられるやうな氣のすることさへある。

　急死は生と死との轉換が早いので、それだけ生死のことを考へさせることが多い。

　わたしは大正八年大阪の病院で醫者に匙を投げられたことがある。丹毒が上半身を犯して體溫器一杯の高熱がしば〳〵出て、一ケ月半殆ど無意識で過ごしたことがある。その間、熱が下ると、意識はぼんやりと回復するのだが、醫者はいよ〳〵絶望だから電報で知らすべきところに知らせるがいゝと宣告したさうだ。それが再び生きることになつた。心臟が强靱なために生命を取止めたのださうである。酒を嗜まず、不攝生をしないでゐたせゐであつた。わたしにしてみれば死の閾を跨ぎかけて引返した形である。病氣の回復した當時、これからの自分の生命は剩餘價値であると思つたが、それも當座のことで、その後そんなことはてんで考へることはなくなつた。しかし、この二三年來毎日死の意味を思はぬことはない。さういつたからといつて、わたしは氣が弱くなつたわけでもなく、特に、死を思ひ出させるほど健康を失つてゐるわけではない。それ許りでなく、死を考へるのは取りも直さず、生について考察することだと思つてゐるのだ。無を考へることは有を思ふことであり、消極を思ふのは積極を考へることに外ならぬのである。

　死は終止であると言はれる。まさにさうである。生きてゐる機能の停止卽ち死である。だが、完全且つ十分に生きる機能を發揮しえない場合は、それだけの部分と分量とに於て死と見做すことも出來よう。わたしは或る月の末旬から珍らしくも連旬の不眠症に襲はれたことがある。

　夜眠られないことから來る疲勞は晝間の作業を全然不能に陷れてしまつた。その狀態が始つてから平常狀態に復歸するのに約一ケ月を要した。その間の狀態を顧みると、わたしはかう云はねばならぬ。成程、生きてゐるには違ひなかつた。わたしは呼吸をしてゐる、物をいふ。しかし、精神作業は停止され、凍結されてゐる。それは死でないにしても、わたしは生とは呼びたくなかつた。精神的にいへば假死の狀態であると見るべきだつた。

　右に卑近な例であるが、精神作業をするものがさうした作業機能の凍結を來たしたとすれば、それは死に近い狀態と考へてもいゝのだつた。

　生と死とは十分精密に考へる必要があると思ふのはその點である。

　古代の埃及人はミイラを作つた。それは彼等の宗教思想から來てゐた。彼等によれば、靈魂が肉體から離れてもまた歸つて來るのであるから、そのときに靈の宿である肉體を保存して置かねばならぬ。その宗教的信仰がミイラをつくらせたのである。儒教の輪廻說は靈魂は肉體と共に亡びず、他の肉體に轉々として移りゆき、車輪のめぐるが如くに無始無終に生死の境をめぐるのだとするが、古代埃及人のそれも亦一種の靈魂不滅說であるが、この方は云はゞ靈魂が旅に出かけ、それが自宅に歸つて來るのに似てゐる。

わたしは如何なる意味でもの宗教を信じない。だから永と生か輪廻とかといつた思想はこれを拒斥する。ミイラの製作によつて古代埃及人の醫術が相當高度に發達してゐたことを認め、その發達に拍車を加へたことを否定はしないが、わたしは埃及のミイラはその點だけで意味を感ずるのである。廿世紀のミイラ（レーニンと孫逸仙のそれら）はむしろ耐らない感じである。何が故にそんな風にしたのかわたしには怪奇にさへ思ふ。殘骸をとゞめられた二人の男を、わたしはむしろ氣の毒にさへ思へてならない。それは死者にたいする禮に似て無禮の極である。廿世紀がそれを知らないのは、廿世紀の人間が古代埃及人からいくらも進歩してゐない實證であるとしなければならぬ。

わたしは或る秋らしい薄曇りの午後、小徑を散歩してゐると、風もないのに一片の木の葉が梢頭を離れて散つた。それは枯葉の死である。わたしは人間の死もあれでいゝのだと思つた。木の葉は落ちて腐るがやがて來る春の若芽の肥料になつてゐる。木の葉はその死にたいして死亡通知もしなければ告別式もしない。墓もない。ところが、人間の死になると、なか〳〵さうあつさりはしない。無暗とその死を印象的にしたがる。といふのは、そこには大きな人間意識にまで考へ方が發達してゐないからで、一片の散りゆく枯葉の示現する意味を解することが出來ないからだ。

個人名を都會の町名や軍艦の名稱にしてゐる間には、わたしの所謂大きな人間意識は味識されないのである。

生にたいする意識が充溢して居れば、死は完全な終止符にしていゝのであつて、死後までいろんな形式で利用する理由はない。傳記位はいゝ。といふのは、それは生の記錄であるからだ。銅像の如きグロテスクなものを殘すことを一體誰が考へ出したのか分らないが、わたしはミイラの變形としてむしろ奇體にさへ思ふものである。

ここまで書いて來たとき、知人長谷川時雨女史の死がラジオで報ぜられた。わたしも何れ死ぬことである。「人間は死すべきものなり」だからである。わたしの現在は十分健康ではない。それ故に、わたしは靜養を心がけてゐる。死がいやだといふよりも、生を生らしく保ちたいからである。詰り、わたしの生は不健康の部分のために生の意識が持てないからだ。

わたしは不健康を健康にとり戻すべく努力してゐる。寢込まねばならぬ性質の不健康ではない。普段から無理をしないことにしてゐるわたしは、不健康の程度に應じて一層無理をしないことにしてゐる。無理をするのはまつたく冒險である。だが人は、さうした日常生活に於ける冒險は却つて平氣でする。そのさゝやかな、だが恐怖すべき冒險が死期を早めることがある。わたしは普段でも無理はしたくない。ましてどこかわるいところがあると一層注意する。どこかわるいところがあれば、それに應じておとなしく養生する。だが、世間の人は自分が病氣のときでも無理をしたがる。また、他のものも自然に無理をさせたがるといつたところがある。これは共に心すべきことだと思ふ。働くのは健康なときだ。どこかわるいときは、自他共に例外として取扱ふべきである。病を押してなどと褒める習慣があるがあれば止めなければならぬ。

　わたしは病氣中は死んだつもりでゐる。病氣でなくとも死んだ積りで暮してゐることがある。前者は致し方ないと諦め易いが、後の場合は、生きてゐるだけに、ほんたうに死んだのでないために、生活の資だけは求めなければならぬ矛盾がある。しかし、人は時々死んだつもりで暮した方がいゝ。それは人生觀照の一つの方法である。生きてゐることに伴ふ諸々の妄想迷執は、死んだと假定したときにかなり正しく批判されうるからである。

　この一二年、特に本年一杯をわたしは死んだ積りで生活し觀照することにしてゐる。

　死は私事だ、病氣が私事であるやうに。だから死は公告すべき性質のものではない。

　わたしは秋に木の葉の一ひらが散りゆくやうにそつと死ぬ事を自然ともし、理想ともしてゐる。

　わたしはわたしの知つてゐる限り、齋藤野の人のそれとド・セナンクールの葬送とが好きだ。高山樗牛の弟である齋藤信策の葬列は、彼の病床に侍した看護婦と姉崎嘲風とだけであつた。

　オーベルマンの著者セナンクールには僅かに一人の友が間に合つて葬送に列したのに過ぎない。その訃を報ずるだけの勞を取つた新聞が一つでもあつたかどうかといふことだが、わたしに云はしむればそれでいゝし、その方がいゝのだ。

　親しい友人知人！　わたしは曉の星が消えるやうに、秋の木の葉が落ちるやうに、こつそり死んでゆくつもりであるから、その點は諒承してほしいものである。

# 葦原拾遺

小野十三郎

夕暮はいやだ。
母さんの聲。
街なかの赤土の山へゆかう。
母さんの聲のしないところへゆかう。
赤土の山の上にのぼると
街の向ふの葦原が見える。
海が見える。

○

端から

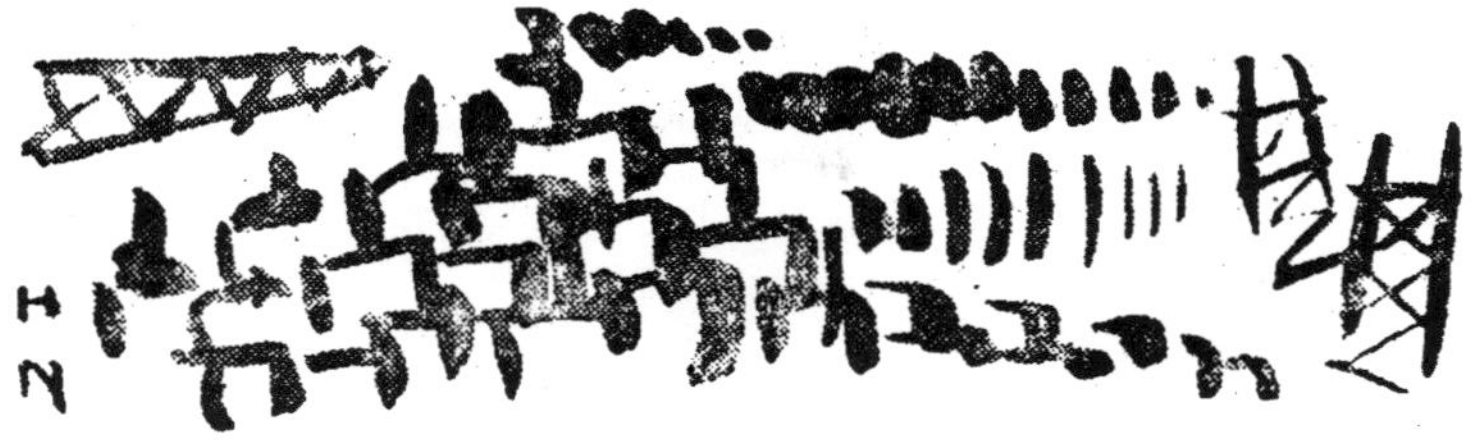

數へると
巨きな煙突が
一本
二本
三本
四本
八、九、十、十一、……
十五本見える。
みなゆつくりと煙を吐いてゐる。

○

あの
四本づつ二列に八本束になつてゐるのは
×××だ。
いつか海から見たこともあつた。

○

街の方を見ると
夕陽の中に
細い煙突が電柱と入りまじつてゐる。
とても數へきれない。
僕の家の工場の屋根からも
針金で支へたやつが一本出てゐる。
茶碗を洗ふ音や
水を流す音や
母さんの聲が
そこからする。

○

ながい間
ゐなくなつてゐた
家の猫が歸つてきた。
どこにいつてゐたのか。

猫は痩せて　煤ぼけて
嶮しい眼になつて
夕陽の中から歸つてきた。
クロ！　クロ！　クロ！
縁側に出て
母さんが呼んでゐる。

○

遠くの
葦原や
洲の上で
高壓線が蠍のやうな大きな螯を振りあげてゐる。

○

移動する
夕暮の
雲の下を

蜻蛉の群が吹き流されてゐる。
何があすこにあるのだらう。
高い高いあんなに切なくなるほど高い空の奥にあがつてゐる蜻蛉の群を
僕ははじめて見た。

○

灯が消える。
貸ボートも寝る。
セルロイド工場も眞暗になる。
夜更けまで人は橋の上にゐる。
家の中は蒸し暑くて眠れない。
町の裏手で
大葦原がゆれる。

○

片方の翅をのばしたまゝ
蝙蝠が一匹芥溜《ごみ》に死んでゐる。

# 原子論史（第六回）

J・C・グレゴリイ
宗谷六郎譯

## 第六章　原子と力（續）

第十七世紀から第十八世紀に遷るにつれて微粒子機械論は二重の變化を受けた。卽ち力を取入れたし、その力は原子の中に宿るものであつた。自然の變化にみられる安定は常に可變可分微粒子を凝固せしめんとした。水が空氣に轉化する事なく、ハルツーカーが一六九六年から一七一二年の間に慥かめた如く、金は常に金であり、水銀は如何なる變成にも決して他の何物にもならぬとすれば、此等の物質の究極粒子はその不可入性、不可分性、嵩、形に於て不變である。ハルツーカーは從來もさう説明され勝だつた如く、微粒子を再び原子の中に塡め固めてしまつた。ライブニッツは不可分粒子は可分割粒子の變則な部分だと零した。ハルツーカーは粒子は思惟の裡で分割することは出來るが自然的因子にあつては不可分だと答へた。ライプニッツは又ハルツーカーが説明する如く、神は物質の究極粒子が不可入性原子であることを望むとすれば自然に導入される事になる神秘に不滿の意を表明した。併し、塡充された粒子は非常に強い支持者を得た。卽ちアイザック・ニュートン卿にとつて、世界の安定性が不可入性粒子を要請すると思はれたので、彼はライプニッツが非難するハルツーカーの神學的補足を拒けなかつた。神は物質を固まつた、嵩高い、硬い不可入性の、可動粒子に形造つたといふのであつた。神は粒子に適當な大さ形態を與へた。神は又粒子を相互並に空間に對して適正な割合を形成したのであつた。身體の變化はこの決して磨滅せず破碎しない固い粒子の結合と分離であつた。神は最初に此等の原子を造つた。レウキッポスの云ふごとく無限に擴る塊が碎けて原子になつたり、原子の無限に擴つた渦動がデモクリストにとつて宇宙進化の始めであつだり、無限の空虚を猛烈な勢で降下曲折する原子がエピクロスの天地開闢説の秘傳であつたり、宇宙創成時はその性質を變じて來た。ニュートン流の見解にあつては、神が原子機構を工夫した。即ちボイルの著書に見られる如く、神は最初の微粒子運動を導いて世界の仕組を造り出したといふのであつた。

原子は永久的に復歸した。「自然の作者」は總べての機能をなし得るやうに微粒子を造つたのだと一七三二年ベールハーヴェが書いてゐる。ベールハーヴェは此の問題と取組み、ニュートンによつて原子を確認し、問題を解くことが出來た。固さと輕快さが常に原子を護つた。即ちベールハーヴェも觀念上分割し得る粒子も固すぎて碎かれないか、あらゆる分割力を避け得るだけ十分微細であるといふことを認めた。

デカルトは原子を微粒子の形でその追放から連れもどした。考察と事實が微粒子を再び原子に凝固せしめた。として第十八世紀は第十九世紀始めのドルトンの爲に原子論を育てゝいつた。この養育期は原子論にとつて微粒子熱の冷めた後の比較的靜穩な時期であつた。當時の不一統な用語は「粒子」「微粒子」「分子 molecule」(小さな塊）「原子」を混同して使つてゐた。「原子」と「分子」の現代の化學的區別は第十九世紀の半頃以後に徐々に確立されたものである。本來の原子は常に科學的傳統の中にあつた。それはドルトンがやがて成し遂げた程に科學の中心をなし進歩の原動力をなしてはゐなかつたが。ラヴォアジェは一七八九年に化學作用が物體を分割して到達する「始原粒子」は「その獨特の形を完く不變」に止まつてゐると意義深く述べてゐる。原子は決定的に追放から歸つて來たのである。そして科學の爲に偉大な仕事をした後、恐らく永遠のものであらう第二の追放に處せられる運命にあつた。即ち現代の原子は最早不可分不變の原子ではない。

原子的機構に力を加へられたことは大きな結果を齎らした。引力によつて結合作用の壓の問題が明解に說明された。力は謎だと云へよう。だが粒子即ち原子間の引力による粘着又は化學的結合は鈎のある又は技を出した微粒子ほどに粗朴でなく、「共動」よりも可能性がある。引力が原子を集め結びつけるといふから遊る心も一層進んで力を受容れた。斯かる說明はそれ自身の困難をもつ。併し力は結合物の結帶として非常に說明力をもつてゐた。

原子的機構は、微粒子が打當り押し遣ることが微粒子的機構を動かすといふよりも、より穩當に力によつて動かされた。微粒子が激しく擊ち當ると考へるのは古代の衝突する原子を繰返すことである。この微粒子の激しさは粒子が互ひに探し合ひ、打擊で互ひに作用し合はねばならないときには必要だつた。力が原子を引合ひ、結び附けるなれば探索も打擊も必要ではない。勿論原子は結合するために動く。併し激烈な微粒子の衝突を吸引と反撥のより穩和な相互作用に和らげられたことが第十八世紀の科學に認められる。

一七三二年ベールハーヴェは溶解作用を描く如く說明したが微粒子衝擊の狂暴さを排除しなかつた。例へば酸が金屬を溶解するとき溶媒の激突する各粒子は撃ち出された双物のやうに溶質に襲ひかゝるのであつた。粒子は襲ひかゝるやうに溶解する物體に槍の如く突き刺さり、或はその碎けて行く部分の間に楔の如くもみ込んだ行く。或溶媒の粒子は溶質の細孔に鑽入し剛毛の如く突出て他の粒子を打つ楔の如き恰好になる。火は粒子に動きを與へて微粒子の攻撃を促進する、熱せられない溶媒はあたかも鐵槌を欠いた楔のやうなものであるといふのであつた。

この生彩ある記述の一附錄は溶解作用についての更に穩健な見解を示唆してゐる。ベールハーヴェはただ微粒子の衝撃のみでなく渦動をした後に粒子を結合して置く吸引作用をも考へてゐた。反撥も又作用するのであつた。アイザック・ニュートン卿はこれ等の例外な、併し必要な原因を機械的嚴格さに加へた、とベールハーヴェは説明してゐる。フールクロアは一七八一年、第十七世紀フランスのニュラス・レメリイについて語る際物を引搔いて溶解させる衝撃の機構を非難した。フールクロアが微粒子衝撃の苛烈さを全然斥け、ただ力の作用のみを採用した時溶解作用は粒子間の吸引作用から來る靜かな結果となつた。ベールハーヴェの補助的力は唯一の作用因となり溶解過程は一層靜穩になつた。

第十九世紀の始ドルトンは原子の重さを强調した。かくの如く重點が大さや形から遷つた事は間もなく多くの成果をもつた。微粒子が互に引懸り絡み合ふ場合には形が重要だ。力は齧合機構を引力に替へて形のこの重要性を解消した。粒子と細孔との適合性によつて粒子がうまく突き刺り割り込み推し動かすことが出來、かくて物體を溶解し解體する場合は形や大さが重要だつた。力は原子又は粒子の大さや形に對するこの强調をも減少せしめた。併し形或は形と大さに對する先入觀念は取り去られなかつた。即ち力が前記の强調を解消し去つた時、形や大さが他の强調を必要ならしめた。

この新しい强調は電氣的親和力を説明せんとする試みによつてなされた。大きい物體に現はれる重力と粒子の中に假定される化學的親和力の變化する力との關係は大いに思索を喚起した。ビュッフォンは一七六五年以來その複雜な問題を粒子の變化する形で解かうと試みた。ビュッフォンによれば相互引力が自然に於ける唯一の力であつた。重力作用がそれを示してゐるし、表面上の反撥はその結果である。例へば一物體BはCによつてAから引寄せられてゐるからAから斥けられる様にみえる。この單純化された例が原理を説明してゐる。表面上の反撥作用を引力の差として解釋せんとする試が屢々なされた。化學的親和力の個々の法則は、一見非常に變化があるが、唯一の萬有引力の法則と全く同じものなのである。粒子の形態がすべての外見上の變則を取除く。若し月と地球が球でなく壔であつたら、その小部分間の種々の距離は變つて來るだらう。かゝる距離の變化は兩天體間の全引力に影響するだらう。月と地球の中心間の大きな距離がこの様な小さな變化を無効にするだらう、併し二物體が非常に近接してゐたら、形の相異は實際に相互間の引力の配置を變じて、相互の全引力に影響を與へるだらう。化學的反作用に於てそれに關與する粒子は相互に非常に接近してゐるから夫々の形態が相互間の全引力に影響を與へるだらう。かくて選擇親和力に現はれる粒子又は原子の間の異る引力は形の相異によることになる。ビュッフォンは形に重點を置いたが、併しより大きい粒子はそれだけで明かに小さなものより強く吸引する。

ビュッフォンの說は多くの支持を得た。――その中には、一七七五年に於けるベリーマン、第十九世紀のベルトレが含まれてゐる。ほんの僅かしか離れてゐない粒子間の「接觸引力」は大さ、位置、形態の力が相異を生じるから、惑星間引力作用に於けるはるかに遠い引力とは、異ることは全く確實なものとベリーマンは思つた。形態の變化は天體間の引力では無効だが化學的親和力の相異の原因だといふことはベルトレには確かなものと思はれた。力は粒子の形に、そして或程度大さに前とは違つた重味を與へることになつた。

力は形態に重點を置いて原子の重さへの注意を逸らした。力は又それ自身の重要性を押しつけて重さの意義への注意を奪つた。化學者が反應する重量を測ると親和力の指數としての化合割合が得られる。若しAがBの多量と化合し、Cの小量と化合して居るとすれば、恰も少年が餘り好まない教科書よりも愛好する物語本をより多く讀む如く、AはCよりもBにより大きな親和力をもつてゐるものとされた。測ることの出來る化合割合は推定されるに過ぎぬ親和力の物指しと常に見做された。

力は原子に對してその形態を重視し、重量への注意を逸らした外にも影響を與へた。力は原子にとつて危險な仲間だつた。大金持の商人が金の無い經驗者を仲間にする。その結果彼が友人に說明する通り、その時は彼は金をもつて居り仲間は經驗をもつてゐる。二年後には仲間が金を持ち彼自身は經驗を持つのみである。力は經驗ある仲間がその資本家の相棒に對してよりも更に原子にとつて危險なものであつた。何故なら、力は常に不可入物質の小さな固片の存在をも脅かした。ロックはボイルによつて物質的性質の中に數へられた「不可入性」を云ひ表はすに「塡充性」といふ言葉を撰び、この性質を「物體の第一性質」に加へ、その「觀念」は「物體が他の物體內に入らんとするときに受ける抵抗から生じる」と云つた。若し反撥力が抵抗するとすれば不可入性の固さといふものは餘計につけ加へられたものになる。而して力は第十八世紀の思想に浸透して行つたから、不可入性の物質固い原子は吸引反撥の力に解消されんとした。

力は科學から除外されるにはあまりに說明に便利であつた。原子間の相互作用、粒子間の結合は吸引及反撥で實に良く說明された。引力や反撥を採用するに躊躇されたり、屢々疑はれたが、物質科學は力といふ非常に便利な概念をそれから獲られる明解なる說明を廢することは出來なかつた。ポインティングの言ひ方を借りれば、作用される物體の外にある實在する何物かゞ現實に作用する物體から流出し、或はそれを圍繞し、又は連絡ずると想像することは必ずしも必要ではない。ドゥラマトリイが一七九八年に云つた如く、大抵の事實の原因を、それが知れてゐるにしろゐないにしろ、力によつて理解する事は常に可能である。第十七世紀に吸引が整然と「牽引」「推動」「壓」に分解された時ホッブスが主張した如く「力」といふ術語はただ種々な方法で現はれる運動を言ひ表はすためにのみ用ひられたことがあつた。第十九世紀の後期はデカルト派の「力」に對する偏見を繰り返した。例へばピーアソンは運動を起す力を生長の因としての木の神に比較し、マッハが「力」を「運動の可測的狀態」と同一に視たことにみられる如く。アイザック・ニュートン卿は彼が運動、加速度、求心力に言及する際は數學的に言つてゐるのだと常に主張した。物體は相互に引き合ふかの如く近づかうとする傾向があるのみであり、原子は吸引力が引き集め反撥力が散らすかの如く集り、分散し、結合すにすぎぬと信じて「力」を概念的方便として用ひることは常に可能である。

併し「力」の概念は原子間の重力的接近、後退、粒子間の聯絡の便利な術語的標識とのみみられるべきではなかつた。吸引及び反撥の力は純然たる物理的實在として眞の地位を獲得した。一七五四年、遠隔作用の謎に當惑したヘンリイ・ホーム氏にとつて力は最早現實の又は假定された接近、粘着、後退の單なる便宜的表現ではなかつた。引かれる物體は引く物體に向つて自ら動くといふ彼の提言はガセンディの原子の感應性に類似し、誘惑された人間の自然的行爲の型に從つてゐる。併し、力は通常粒子に對する機械的附加と考へられてゐた。例へば一七一〇年バークレイは引力の機械的原理が流行せんとする傾向に注意をひいて居り、一七四四年にも彼は尙現實の力又は動力をもつ「物體の細微粒子」を信ずる「機械的」哲學者達に輕侮を以て言及してゐる。後に磁石の周りに模樣を描いて並んだ鐵の鑢屑はファラデー（一七九一年——一八六七年）には指の如く確實な力によつて操作されたものと思はれた如く、粒子に固有の力は神秘的ではあるとしても眞の實體として現れた。力が一八六四年コールディングにとつて自然に對して支配力をもつた靈的な非物質的存在と思れたよりも遙かに前に、力は眞に實在するもののあらゆる趣きをもつて第十八世紀の精神に訴へた。力は第十九世紀にファラデーにとつても、第十八世紀の多くの人にも又さうであつた如く、不可入性物質又は塡充した原子よりもはるかに現實なものに思はれた。

アイザック・ニュートン卿は「慣性」の概念を樹立した。彼の後繼者達はデカルト派が微粒子的機械論から力を一掃した事にもニュートン學派が力に對して用心深かつたことにもかゝはらず、受動的な物質又は原子に能動力を植えつけた。物質の力學的解釋は物質界を吸引反撥の力間の相互作用又は對立に分解して受動的な實在性を棄てた。かゝる物質の力學的解釋は思想の强い流れとなつて第十八世紀を更に第十九世紀に迄も流れて行つた。例へばカント（一七二四年——一八〇四年）は、物質の中に反撥によつて無限空間に分散せんとする傾向と反對に作用する一點に集めんとする吸引の傾向との釣合を認めんとする强いドイツ的傾向を例證した。かゝる力學的見解はドイツのみに限られたものではなかつた。ジョセフ・プリーストリー博士は一七九四年少し前にハクニイ學校で學生に物質が一點に壓縮し無限に擴散する劇的な可能性を示した。かくの如き吸引力が反撥力に打勝つことが出來、又その逆が成立つと云ふ考へがニコルソンの『自然哲學序說』に於ける如く當時の物理的思想に浸透した。巨大な引力で宇宙を引き絞り一點にし、優勢な反撥によつて宇宙を無限大の陽炎の如く薄くするといふことが、吸引と反撥との力の相互作用として物質を力學的に解釋することを言ひ表す爲の繪畫的說明として思ひつかれたのである。

一八三八年化學者ベルツェリウスは尙ドイツの學校に於ける物質を收縮と反撥の力の間の對立に歸せんとする傾向を指摘した。彼は又壓倒的な引力によつて宇宙は數學的一點にまで押し潰されるといふ芝居染みた可能性を指摘した。かゝる物質の力學的解釋は接近して置かれた粒子の代りに相互透過性元素を假定した。コールリッヂ（一七七二年——一八三四年）はその哲學的又科學的な遍歷に於て微粒子的機械的體系に反對し、力學的解釋の側に立つよくあつた偏見を反映してゐる。彼によれば物質は「反撥と吸引の對立する力の生成物或は第三者 tertium aliud」であつた。一八七四年アメリカに於て化學者ステリイ・ハントが尙より力學的な見解によつて「原子假說」を廢棄せんと脅かした。化學的に結合する物體は同時に同處を占める、そしてヘーゲルが信じた如く、化學的結合は同一化である。固い粒子や原子には出來ないが反撥吸引の力は相互に透過し得る。ステリイ・ハントはこの考へを一八八八年に於ても棄てゝゐなかつた。

物質の力學的解釋は屢々原子的形態を保留した。カントは一七五六年その『物理的單子論 Monadologica Physica』に於て原子は擴がつてゐる力の中心であるとした。シェリング（一七七五年——一八五四年）は自分の自然論を「力學的原子論」と呼ばんとした。ヘフディングによればカント自身はその說を廢棄したが。ボスコウィッチの「力—原子」(便宜的言葉を用ひるが)は一層科學の傳統に影響を與へた。そして屢々一つの模型として引用される。塡充せる物質の不可入性はボスコウィッチの力—原子では中心斥力で現はされた。原子は反撥と吸引の作用をもつた幾何學的點であつた。ボスコウィッチは粘着、化學的親和力其の他の現象を、吸引と反撥の交互の圈帶に圍まれた中心斥力で說明せんとした。ジョセフ・プリーストリー博士（一七三三年——一八〇四年）は、固い不可入性物質の根據なき見解よりも「教父ボスコウィッチ」から採り入れられた物質の透過性を撰んだ。神はその好むにしたがつて際涯なくあらゆる方向に擴つてゐる吸引と反撥の中心を造る事が出來るのであつた。凝縮せる物體は如何なるものでも相互の勢力圈內に配置されたかゝる中心の「場」であるといふのであつた。中心からの力の擴りのこの「場」は一七七七年に引斥力を俱へた固い原子の集りよりもプリーストリーの氣に入つた。勿論プライスは空虛に吸引反撥の作用を不可解にも與へたといつて彼を非難したが。力のこの樣な擴りの中心は滅多に一致しないが、力の擴りは相互に浸透し得るからかゝる力—原子は混り合ふことが出來た。

一八四四年ファラデーは力―原子のために小さな固い核を棄てた。固い核の聚塊に代へるに中心からの力の擴りをもつてしたことは多くの思辨的困難を救つた。力が不滅だつたから物質恆存は何等脅かされることはなかつた。力の擴りが混合してゐて連續は保たれてゐたから信じられない空虚も無かつた。各力―原子は實際に、中心からの力のすべての擴りは、焦點に近くはより緊約されそこから遠ざかるほど薄らひで行くものの、單に位置を與へられた原子とは異つて全世界を占めてゐるのであつた。遠隔作用も最早當惑せしめない。何故なら擴つてゐる力はそのあるところ、焦點から遠ざかつて弱くなつてゐても焦點に近くて强力であつても、常に作用する。力の擴りは混り合つてゐるのだから、事實に於てその中心は完全に一致しないにしても、物質は透過し得るものであつた。ファラデーは不可入性の塡充せる原子に代るべき學說への前記の讓步を提唱した。勿論正しく無視出來ない一つの傳統が物質である力は相互に透過し得ると自由に想像してゐたが。かくて一八四四年のファラデーの力――原子は物質を力學的に解することの說明力を示し思想を捉へたことを暗示し、非常に强力な傳統の一頂點を表はしたのである。

第十九世紀の始めドルトンの原子論はボスコウィッチの力―原子とファラデーの力―原子の隔の中頃に思ひつかれたのである。物質を力學的に解釋すること、力學的原子論は重要な第十九世紀の舞臺に登場した小さな不可壞の塡充せる粒子を脅かした。原子は常に敵對に遭はねばならなかつた。即ちデモクリトスの原子は追放されたし、ニュートン流の原子はたちまち力に解體せんと脅かされた。デモクリトスやニュートンの原子をドルトン流に又とり上げても同じやうに威嚇された。ドルトンの原子は力―原子、粒子が部分に分割出來ぬといふ古い不合理性、更にその明かな假設的性格によつて、且尠くとも三重に脅かされた。第三の脅威は最初恐らく最も重大なものだつたらう。何故なら、化學者は思辨的原子の採用を非常に澁つたから。力―原子は或意味で最後の致命的な危險だつた。ドルトン流の原子は單なる說明力があるといふだけで第十九世紀の終まで頑張つてゐた。やがてそれは屈服した。そして現代の電氣的構造が、その究極の運命は判らぬが、どうやら原子を第二回目にそして永久に追放したやうである。力は正面攻擊によつては不可入粒子に對して成功しなかつたし、現代の「原子」は單純に力學的原子論の候補者が當選したのだとは言へないが、それは相手のデモクリスト的、ニュートン的ドルトン的原子よりもむしろボスコウィッチの原子に近いといふことは確かに言へるやうである。

**譯者註**――傳說から科學へ、思辨哲學から近代科學へ、近代科學的原子論としてのドルトンの原子論の誕生前夜で原子論史の前編は終る。

# リューデリッツラント

（七つの物語り）

ハンス・グリム
熊岡親雄譯

## 1、商人

オカハンヂャの東北、スワコプ谿谷の上流に、或るヘレロ人部落があつた。部落は獨逸の騎兵によつて、偷盗をことするホッテントット族から、獨逸の法律によつて自分達相互の自由競爭から、そして、獨逸の警察によつて白人の不正から保護されてゐた。部落はよい牧草地を持つてゐた。スワコプ河は流れてゐる時期が多かつた。また、河床が永いこと乾いたまゝになつてゐるときでも、河床の砂を掘れば、家畜の飲料水ぐらひは容易に得られた。

良い牧草地と確實な水源のお蔭で、部落は澤山の家畜を持つてゐた。つまり、その部落は富裕で、生活の向上と娯樂とを必要としてゐたのである。そこで、村は商人の集るところとなつた。

いろんな商人が村民から、高いか安いか、欺すか欺され易いか、暢氣か勘定高いかと試された。最後に、一人の若い商人がやつて來た。村の長老達は、その男に滿足したと云つてゐた。で、長老達はその男にかうすゝめたものだ。

「あんた、ひとつ儂らの村へ家をもたんかね。あんたが儂らの必要とする品物を提供する。あんたが儂らの欲しがる品をもつとる限り、儂らはそれを欲しがるし、あんたがその品を高くしない限り、品をあんたから買ふ。なぜつて、さうすりや、行商がたゞ通つて行くだけのときよりましぢやからな。儂らはかういふ商人が欲しいんだ……儂らだけの商人で、この土地に住みよく氣心が知れ、儂らの氣心もよく知つとるやうな商人がな。」

その商人は內地行商のとき以來、若い妻をつれて歩いてゐた。彼は妻に云つた。「お前どう思ふ？　この頃は行商人があまり多過ぎるね。今に行商なんて要らなくなるよ。行商で商賣でもしようもんなら、品物の五分の四は掛賣りしなきやならん。また、この掛賣つて奴は、しよつちゆう自分で取り立てゝ歩かなくちやならんしな。それに、扨てまたやつて來て見ると、もう他の行商人が十人も來て、奴等の品を掛賣りで賣つてゐる。とゞのつまり、拂ひがどれだけで、借がどれだけか分らなくなつちまふ。」と。更に彼は語をついで「それに、お前にしたつて、子供でも生れれば、一つところにちやんとした家を構へてゐた方がいゝだらうし。」 若い妻はそれに答へて「家をもつんですつて？此處に？」と云つた。「妾、まだこの國も見て廻つてゐないんですよ……」彼女はかう思つたにちがひない。本國にゐた頃はいろんな取沙汰もあつたが、なんだかお伽噺のやうに親しみのある、まさに驚嘆に充たされた所だと思つてゐたこの國、それが、上陸以來、ことごとに彼女を脅かし、失望させて來た。然し方々歩き廻つてゐるうちには少しは我慢し易くなるだらう、それに、心の中ではかう望んでゐたのかも知れない。ともあれ、どうかあのお伽噺や驚異がこれまで人に知られてゐない、大きな、遠い奥地に隱されてゐますやうにと。良人は云つた。「實際、こんなに澤山の荊棘樹《さげのき》と確かな水源がある土地なんて滅多にあるもんぢやない。それに、俺はもうずつと前から、こゝの人達がいつも几帳面だつてことを知つてるからね。」

妻は滞在して三日目に云つた。「貴方がさう云ふのなら……」彼女は同意を示した。といふのも、手助けをしてゐた商ひが盛大に順調に進んだからであり、交換用の牡牛が間もなく到着したからであり、それに、若し彼等が此處にとゞまるなら、と云つて、土地の長老で宣教師をしてゐる人が指定してくれた土地が、ちやうど彼等の心積《つもり》にしてゐた場所だつたからである。

その場所は河の對岸にあつた。家並から幾分離れてゐるので、ふだんの風も煙を吹き寄せる事なく、もの音さへ、丘と古いアカシヤと白荊棘樹《しろさげのき》に呑みこまれてしまふやうであつた。

彼等がその場所の下検分に出掛けて行つた夜、其處では砂鷓鴣の誘ひ聲のほか、村の犬の遠吠えが時偶《ときたま》聞えるばかりだつた。

五日目のこと、良人は云つた。「俺は荷をもつて來なけりやならん。建築に必要なものも一緒に運んでこよう。それに、家畜もすぐ連れてつて來よう。もういろ／＼集つてるからね。まあ、一番いゝのは、お前が此處に殘つてゐるこつた。すりや、商賣を途中でやめることもないし、これからつて云ふ時になつて、土地の人達が、通りがかりの、ほかの商人の口車にのせられて、氣を變へるつてこともないさ。」

　それから一週間もすると彼が戻つてきた。若い妻が戀しくなつたのだ。見ると、妻君は困惑しきつてゐた。彼女は「此處に棲むのはよしませう。ね、此處はよして、何處かほかへ移りませう。家にしても、何處かほかへ建てることだつても出來ますよ。この附近はどうしてもいけません。」彼はぎよつとして訊いた。「一體どうしたんだ。全體なにがあつたんだ。」彼は妻から何ごとを訊きだすこともが出來なかつた。彼は、妻が他人《ひと》の或る言動で感情を損なはれたか、恐怖に襲はれたかしたのだらうと、獨りぎめにしてゐた。また、かう考へた、妻は商賣で何かやり損なつたのかも知れんと。しかし、彼はその反對に、なにごとも至極順調で、妻が上手に商つてゐたことを知つた。そこで、彼は妻に云つた。「ねえ、お前、俺はまたすぐ出掛けたりしやしないよ――」その夜、涙をながして、彼女が良人にしがみつきながらもう、一度歎願したとき彼はかう答へた。「まあさ、お前、子供さへ生れりや、きつと、何も彼もよくなるよ。」それから先は、彼女も抗はなかつた。

　家は煉瓦で本格的に建築された。屋根の生子板は、駱駝荊棘樹材の長押の上へ締めないまゝ載せ、石の重しを置くことになつたが、寢室の上は間もなく、螺子でしつかり締めつけられた。それは暴風《あらし》の夜などに、トタンががた〳〵鳴つたり、石がごと〳〵いつたりして、妻が恐怖を懷くことがないやうにする爲だつた。

　ひと月またひと月と、だんだん家が整ひ、棲みやすくなるにつれ、妻君の方もその場所が氣に入り始めた。彼女は頭の上にいつも蒼い空を戴き、まはりには太陽を浴びてゐた。と同時に、他の低い藪の中と違つて、自由に下を通ることができるほど高い樹々が蔭をおとしてゐた。彼女は一度も水を節約するなどといふ必要がなかつた。高い樹の木蔭にある冷い水と、手飼の鶏と、牝牛の新鮮な乳とを樂しみ、一緒にもつて來た小物を飾りつけたり、手藝品を並べたり、親類の人々や故郷の景色の寫眞をかけたりして喜んでゐた。

　彼女は、向ふの方からも馴染み、彼女自身の方でも親しめる召使ひを得て、次第に言葉を覺えてゆくうちに、彼等の言ふことが解るやうになつたのを喜んでゐた。が、一番彼女を喜ばせたのは、商賣がかなりの程度どころか、全く豫想外に繁昌したことだつた。

　夜、彼等、彼女と良人が、二人つきりになつたとき、子供が生れたときのことを話し合つた。子供が三つにでもなつたら、獨逸にゐる祖父母に子供も見せに、國へ歸ることにしよう。いや、その前に、お前の弟に店を空《あ》けて出て來させ、五ケ月の間、自分達が居なくても商賣が續けられるやうに、仕事を覺え込ませなくてはならんし、それに獨逸へ歸つたら、先づお前の妹を連れ戻つて、一年間は見物させよう。

子供は、ヘレロの人々がオヨツォヅィワ――孤兒の年、と名附ける年に生れた。この年には老キアルワが死んだ。キアルワといふのは、未だホッテントットのヘレロ奪略を獨逸人が鎭壓しに來る以前、ヘレロ部落をヴィトボイ・ホッテントットの手から護る軍隊の指揮者であつた。老カロワは種族の最後の一人として基督者に改宗せず、カロア教を厚く信じて、終始祖先に心を通はせ、息をひき取るまで彼等のために祈つてゐた。しかし、彼は利巧で誠實であつたために、といふよりは、獨逸の正規將校の騎士的な男らしい氣風を好んでゐたので、獨逸人との間はうまく行つてゐた。

ヘレロ部落で生れた白人の商人の子供は玉のやうな女の兒だつた。洗禮のとき母親の名前を貰つたが、矢張り洗禮の際、ヘレロ人の名前も貰つてゐた。といふのは、その兒の兩親が自分達の住んでゐる西南アフリカの土地には感謝を捧げ、一緒に生活してゐる土人達には好意を示さうと欲したからだ。この子供は生月、六月の月に因んで名附けられたが、六月といふ月はヘレロ人の間ではカルンガ・ロノと言はれ、幸運な月を意味してゐた。その當時、ヘレロ名をもつた獨逸人の子供の洗禮などといふことは全く目新しい出來事で、白人の間でも、土人の間でもその事が話題の種を播いた。

千九百二年といへば、多くのヘレロ人は、オヨヴァランデ・ヨヴィネヤといふ言葉を想ひだす。それは、商人と欺瞞の年といふことを意味した。

その年には、次の樣な出來事が起きたのである。この年もおし詰つて、この國の獨逸政府から、ベルリンで可決された指令が公布された。その法令は、一定の期限内に支拂はれない土人の借金は時效にかゝつたものと認めることを要求した。この指令は、土人達の無茶な購買慾を阻止し、さうすることによつて、彼等にも商人にも手に餘る借金をさせないやうにといふ好意から出たものであつた。この指令は行商達の心に少なからざる恐怖を吹き込んだ。そこで愕いた商人達は顧客を失ふ危險も忘れて、借金の支拂ひを性急に催促し、剩へ、訴訟や抵當、その他凡ゆる無意味な嚇し文句を並べて嚇しつけ、中には借金を得る充分な權利が委ねられるやうに提案する商人もあつて、土人達が氣付いた頃には、自由放牧地も自由水飼場も自由狩獵場《かりば》もみんな無くなつてゐたので、ヘレロ人達はおためごかしの指令の背後に、彼等の財産を狙ふ全く意想外な企みを嗅ぎつけ、善い指令よりは寧ろ、一人或ひは數人の商人が犯した欺瞞に因んだ名前を千九百二年の上に冠したのである。

千九百二年はその他の點では良い年だつた。雨が澤山降つた。千九百三年にも、オトジクト——乾燥期の嚴しい十二月に特に甚い雨があつた。

この地方は此の惠まれた年になつて、千八百九十八年に流行《はや》つた牛ペストからやつと恢復し始めた。草原には、決して撓まざる政府のお蔭ではないが、太い角を生やし、丸々と太つた頑丈さうな牛の群がむらがつてゐた。といふのは、雨量が多く、銀草が素晴しく生ひ茂り、も早、銀色をした草原は時ならぬ雨に傷《いた》められることもなく、豊な飼葉を冬から春、十二月に至る迄提供したので、家畜は丸々と丈夫さうになり、皮膚は光澤を發し、村ぢゆうの人が使ひ切れない程の牛乳を供給した。

ヘレロ地方に於ける千九百二年の惠みと千九百三年の豊潤とが、青年はいふに及ばず、中年の男女をもひどく陽氣にした。も早、瘠せて無關心な褐色の顏をしたものも見當らず、鈍い眼附をしたものも姿を消して了つた。

千九百三年の九月、北斗七星が見え、春が訪れるカトヨーゼになると、それ迄永いこと姿を消してゐたオムヒヴァやオウトイナの踊りが始つた。十二月に入る早々、雨がひどく降つて、三年目の豊年を豫告したが、その雨があがると、ヘレロ地方に狎じみのある白人、家や篝火のうちから月の光景を眺めてゐる白人、或ひは、夜遲く馬に乘つて草原に家路を急ぐ白人達は、踊り狂ふ人々の足音で大地が本當に震へてゐるのではないかとさへ思つた。

オチクオコ河が本流に合し、舊道が通じてゐる上スワコプ河畔のヘレロ村では、未だ借金を時効にするといふ命令は餘り人々の注目を受けてゐなかつた。折柄通り掛かつた行商人達は、彼等の馬車から馬を放し、牛の群に水や飼葉が與へられてゐるあひだ、此の村の商人夫婦と恐らく例の指令のことを話し合ひ、不平をこぼし合つたであらう。然し、この命令も商人とヘレロ人との間にはなんの解決も齎さなかつた。夫婦が行商達の不平を耳にする度に商人は妻君に向つて言つた。「考へても御覧!?　これを俺は待つてゐたんだよ。あの時、俺達が此處に家を持たうと決心したことが多くの人達の爲になつたんだよ。俺達は土地の人達と一緒に暮らし、彼等と識り合ひ、彼等も俺達と識り合ひにならなければいけないんだ。」

ベルリンから發せられた指令もこの地方では全然注意を惹かなかつた。それ程、この年は豊かで、恐らくはどの地方よりも豊かだつたのであらう。千九百三年の十二月初旬以來、商品の賣行は嘗て例しがない程で、支拂猶豫が要求されるやうなことも無かつた。唯、最初の雨があがつて、スワコプがオチクオコもろとも溢れ、水嵩を増して滔々と流れるスワコプ河が五日間も町の方から渡れなかつた時だけ、商賣は一時途絶えた。商人はかう洩した。「今度はこれで助かつた。この休みを俺は有難く思ふよ。俺達はこれを聖誕祭《クリスマス》の休暇だと考へよう。それにしても、また何んて素晴しい雨だ。」

雨があがつても未だ河が流れてゐるうちから、亭々たる森の外、また家の傍にある荊棘藪の中まで、きらめく曉の明星に黄金《こがね》に映え、聖誕祭《クリスマス》頃には、晝も夜も、菩提樹と橙の花が一時に咲き揃つたかのやうに山櫨の細そりした黄金色の花が咲き香つてゐた。だが、その間には麒麟アカシアの淡黄の花が交《まぢ》つて強い香りを放つてゐたので、あまり芳香が甚だしいといふことはなかつた。妻君の方がかう言つた。「唯一つ弱るのは、もう夜が迚も蒸暑くつて、一度眼を醒ますと、もう、なか〳〵寢られないのね。だもんだから、この頃へレロ人が夜つぴてオムヒヅァを踊つてゐるらしいわ。でも、赤ん坊は暑さも騒ぎも平氣で、いつもぐつすり寢入つて、ちつとも汗なんか搔かないの。」

商人は山羊と羊のために、羊飼として十七になるへレロ人の少女を雇つてゐた。このへレロ人の少女は白人の赤ん坊と同じ名前で、子供を大そう可愛がり、白人の子供の方でも、女中やなんかより、その羊飼の方にずつとなついてゐた。羊飼は夕方、小羊を荊棘の小舍へ追ひ込むが早いか早速、折を見て子供の傍の地べたに蹲《うづくま》つて、土人の言葉で子供に色んなことを話して聽かせてゐた。白人の妻君は暇なときには、氣附かれないやうにそつちへ耳を傾けてゐた。と言ふのは、羊飼の少女がその子供にすつかり惚れこんでゐるのが彼女を喜ばせもし、また子供は、生聲《うぶごゑ》からへレロ語を必要とするので羊飼の少女を慕ふのだといふ事を知つてゐたから。白人の妻君は、二度目のお產も近附いてゐたので、この頃では度々疲れが出て、またしても物怖ぢするやうになつた。

一度千九百三年の大晦日だつたか千九百四年の元旦だつたか、良人が屠羊を引いてオカハンジャへ出掛けたとき、月がよくて屋内では眠れないまゝに彼女は暖い月明りの夜外へ子供をつれて出た。羊飼は、夜分だつたが、一緒について行つた。途中彼女は二匹の仔羊をつれた親羊を見失つて、晩くまで草原を搜してゐた。月明りの天空には眼に見えない田計里《たげり》の鳴聲が喧しかつた。羊飼は子供に「聽こえますか？　聽こえますか？　――なんて鳴いてるか判りますか？

すか、——オルクンギニつていつてるんです。遠くの方で呼んでゐる！　つて。」と語り乍ら指をあげて「遠くの方で呼んでゐる！」を二三度繰返へした。「遠くの方で呼んでゐる、オルクンギニ、オルクンギニ！」。田計里《たげり》が姿も見せず月夜空の草原を飛びまはり、誘ふが如く鳴くとき、さう呼ばれるやうに。妻君は羊飼の特有の聲を聞き、眠に見えない鳥の激した鳴聲を聞き、その奇妙な名前を聞いて何か恐しいことでも聞かされたかのやうに頭が混亂した。氣が滅入つた原因に彼女が思ひ耽けつてゐると、林の中からオルタウタウ（小さな梟）やオルグントゥワ（小なべげり）が毎晩のやうに鳴き始めた。羊飼は「聽こえますか？聽こえますか？　——あれはオルタウタウとオルグントゥワですよ。オルグントゥワは、オ、ターテ、オ、ターテ！父よ、父よつて鳴いて、その鳴聲で人を死に誘ふのよ。」「オ、プワ、オ、プワ！　さあ、お喋りもいゝ加減にしてさつさと家《うち》へお歸り！」さう言はれて羊飼は喫驚《びつく》りして了つた。

良人も、妻君が歸つて來てからこの話をして聞かせた時には喫驚りした。「マリア（彼女は羊飼を呼ぶのにいつも洗禮名で呼んでゐた）は餘《あん》まりノルンガへ連れて來られないわ。」「何故だね？」と彼が訊いた。そこで妻君は例の晩のことを物語つた。彼は「うん、一體なにがいけないつていふんだね。梟だつてよく鳴くし、なべげりだつて月明にはきつと啼くもんだよ！」——

一月十日、十一日にはヘレロ人が店に殺到した。或る者は川向ふから、或る者は近所からやつて來た。彼等は、恰度、田舍の人が市で買物でもするやうに、この日を逃してなるもんかといはん許りにしこたま買ひ込んだ。需要が一番多かつたのは小刀、鋏、燐寸などで、殆ど總ての人はその場で支拂ひを濟まし、しかも、買物の額が餘り大きくない場合は、家畜ではなく、獨逸の貨幣で支拂はれた。誰も彼も皆、愛想がよく、ヘロレ名をもつた子供の安否を尋ね、また、子供を見たものは一緒にふざけたりした。そして商人に向つてかう言つた。「あんたのお神さんが今度お產する時にやあ、ヘレロ名のついた子供ぢやなくつて、本物のヘレロッ子を生むだらうよ。」良人は上機嫌に答へた。「俺はあんた方の村の商人で、おまけにあんた方の友達なんだが、そればつかしはご免蒙るよ！」妻君に向つては「自家《うち》の燐寸を取つといてお呉れ。俺はヴィンドゥークでフォイクトの鋏と小刀と燐寸とが手に入るか何うか、遣つて見なけりやならないんだ。オカハンジャの商店ぢや最近これ等の注文のこと許《ばか》しが話題になつてゐるからね。あすこぢや恐らく一つだつて讓つて呉れつこはないだらう。」——

一月十二日の午前中は、異常な程澤山な顧客が來て、みんな親し氣に話して行つた。彼等は午頃《ひる》からぽつ〳〵歸り出した。日中は迚も暑かつた。

商人は十二時になると店の扉を閉めた。彼と妻君は晝飯をすまし、二人とも朝が早かつたので晝寢のために横になつた。二時頃、表の方で人の話し聲や扉を叩く音がした。彼は夢現《うつゝ》の中で、誰か白人がやつて來たといふ事を知つてゐた。彼は直《ぢき》には返事をしなかつた。が、餘りなん度も扉を叩くので、未だ眼を閉《つぶ》つた儘、ぷり〳〵しながら床の中から「誰だね？」と訊ねた。表の男が「俺だよ。あんたに是非とも話し度いことがあるんだ。」商人はその言葉を遮つた。「俺つて？俺つてのは誰だい？撰りにもよつてこんな眞つ晝間に？」不圖、彼は、妻はきつと寢込んでゐるのだらうと思ひついた。大急ぎで飛び起きて窓邊へ走り寄つた。「靜かに！靜かに！すぐ開けるよ。妻が寢てゐるんだ。睡眠不足でね。」彼は居間の戸口を開け、その男を中へ入れて、閉めた。「あゝ、君だつたのか、エルンスト。一體どうしたつていふんだい、こんな晝日中。それも恐ろしく暑い日に！」。その男がいつた。「早い話がね、ヘレロ人の間で何か起つたんだ。」かう前置きして彼は物語りを始めた。今から四日前、彼と妻と弟、それに一人の行商人と打揃つて、グローフォンタイン區にある農園で、彼が買ひ取る筈になつてゐる農園を下檢分にゆく爲、牛車でヴィンドゥークを出發した。二日前に彼等の乘馬が盗まれ、その時以來、ヘレロ人の態度は日増しに目に餘つて來たやうに思はれる。今日、午近くなつて、俺達の車は一人のブール人に追付いた。そのブール人はかう斷言した。既に歐洲人の殺戮が始まつた。彼自身もオヂゾンガチへ行く積りだが、其處へゆけば白人も若干ゐるだらうから、身を隱すこともできるだらうし、また距離からいつても一番近いから、成行きを見て、必要とあれば救援が來るのを待つこともできよう、といふやうな譯で、彼等は今そつちへ向つてゐる所だつた。彼等は午すぎ、この近くで牛車の牛を離し、彼も妻も弟も行商人も皆、かう考へた。警告を傳へ旁々、この地ではもう何か知つてゐるかどうか尋ね、商人に、店を閉ぢて妻子と一緒に同行することを薦めようと。

相手はそれとは氣附かなかつたが、商人は、訪問者が語り始めるが早いか、妻君が寢室の中から戸《ドーア》の把手を廻し、そこに佇んで話に耳を傾けてゐたのに氣附いてゐた。彼は妻君が樣々な想像におびき脅かされる性質《たち》だけに、却つてこの報告には少しも信を置かないと看てとつた。で、彼は妻君が後になつて恐怖に襲はれない樣にと考へたので、聲高にかう云つた。「そんな事をいふのはあんた達の馬が盗まれたからなんだらう？大方、落着いて皆にその事を訊いた譯ではないからなんだらう？　ブール人が變なことを話したからなんだらう？　ほんとに、年々盗まれる馬がどれ程あることか！　それに旅廻りのブール人ときた日にや、何をいふか知れたもんぢやないよ！　まあ、そんな事はみんな大したこつちやないんだ。肝心なのは、俺がこの村の人間の心の隅まで知り拔いてゐるつていふことさ。俺達、俺と妻は彼等の仲間も同然なんだからね。」それから尙、彼等は色んな話を交した。が、恐らく相手は、危險の幻惑が幾分でも弱まつたので、惡い氣持ちはしなかつたであらう。彼は、半みち許り離れた所で憩んでゐる一行が、不吉な考へや恐怖に襲れないやうと思つて別れを告げた。自分達は何れにしてもオチゾンガチを拔ける道をとるけど、それは大した廻り道ではない。また、商人がさう簡單に商賣をほつぽり出して行く譯がないといふ理由もよく判つた。

彼等が一緒に外へ出て、商人が叮嚀に禮を述べ、彼等が握手を交してゐるとき、商人は結びに低聲《こゑ》でかう附け加へた。「何れにしても、實際に何か起つてゐたら、あんた方は生きてオチゾシガチに達することはありますまいよ！」

この來訪の時間はごく短かかつた。商人は、寢起きの油顏を洗ふ爲に寢室へ入つて行つた。彼は妻君に向つてかう云つた。「お前も一仔一什を聽いたんだらうから、直ぐ事情が呑みこめたと思ふがね。實をいへばあの災難は、彼等が馬を盗まれて、その話を、盗んだ當人でない人の所へ持ちこんだことにあるといふだけの話さ。」妻がそれに答へた。「妾もさう思つて……」。彼女は訪問者のことに就いて未だ何かを訊かうとしたとき、家から程遠からぬ所に突然彈丸《たま》が飛んできた。

妻君は左腕を擴げて子供のベッドを庇《かば》ひ、口をぽつかり開き、眼を大きく見開いて立つてゐた。良人の方も、急いで「おや、あれは正しく銃聲に違ひないぞ！　つまんない話をしたもんだから、普通の銃聲にも喫驚りするよ。」とは言つたものの、驚愕の色は覆ふべくもなかつた。

彼等はそこで緩り仕度にとりかゝつたが、一言も口を利かなかつた。妻君はかう考へてゐた。何故、家《うち》の人は飛出してつて、見廻らないんだらう？　あの人つたら、何故急がないんだらう？　そこで又かう考へた。いや〳〵、あの人を外へ出しちやいけない。もしそんなことをしたら、妾が留めてやる！　そこまで來て、またかう考へた。一體どうして見廻らなけれやいけない譯があるのか知ら？　鐵砲なんてしよつちゆう撃つてろのに！

今度は、彼等がすつかり仕度を了へたとき、又しても外が騒々しくなつた。彼等は羊飼の叫聲を耳にした。と、羊飼が居間の戸口へ駈けつけた。彼女は泣きながら、頼んだり留めたりした甲斐もなく羊と山羊を奪はれた一仔一什を語つた。彼女は頭を毆られてひどく血を出してゐた。彼女は犯人として村の大人や青年達の名を擧げたが、商人は彼等と一度だつて爭つたことがないと固く信じてゐたし、常常少しも疑つてゐないやうな人達だつた。商人はかう訊いた。「だつてツァリアスやルカスやカムンブンビはお前の親類じやあないか。ツァハリアスやルカスやカムンブンビは彼等の目論見をお前に知らさなかつたのかい?」彼女は犯人達の跡を追つてなん度もさう尋ねたんですが、返事一つして吳れない、と答へた。

妻が良人に向つて言つた。「今、村へ行つてはいけませんよ！　――フーゴー（この家のヘレロ人の下男）を遣つて、樣子を訊いてこさせませう。」彼等は搜しながら大聲で呼んだ。「フーゴー！　――フーゴー！」。が、下男も土人の女中も一向に見當らなかつた。良人が言つた。「二人とも、俺達が睡つてゐると思つて、屹度、あいつ達も何處かの木蔭で睡つてゐるんだ。」妻は羊飼に向つて言つた。「お前、土人の村の女達の所へ行つて、間違ひの起りは何だか訊いといで。訊いたら此處へ戻つて來て妾達に話すんだよ。若しフーゴーかマルタに會つたら、直ぐこつちへ寄越しとくれ！　ツァハリアスとルカスとカムンブンビには碌なことにはならないつて言つとくんですよ。」羊飼が行つて了つた時良人はかう言つた。「何か事が起きたにしても、そりあ村でいざこざが起きて、俺達の召使達もそれに掛りあつたまでさ。」

それから、良人はなんの相談もなしに、二輪の牛車を門前へ押し出した。妻は、いつの間にか車が門前にあるので必要品を二三、車の中へ押し込んだ。良人は、妻がさうするのを見たので、躊ふやうに店から品物をいくつか取つて來て、車の中へ仕舞ひこんだ。

彼はまた戻つて來て、かう云つた。「棘小舍へ行つて來たけれど、輓牛はもう皆《みんな》揃つてるよ。」

だが、夫婦は兩人《ふたり》とも未だに決心がつきかねて、若しかしたら逃げ出すこともあらうと、躊ふやうに荷仕度をしてゐた。若し斷行しなければならない時には、日暮れと同時に家を閉めよう。そして、構はずオチゾンガチにゐる仲間の所へ行かう。かう頭の中では考へてゐたが、それとは口に出して言はなかつた。

最早、商人は、實際に何か起つてゐたら、あんた方はオチゾンガチの鑛山《やま》へ達することはありますまいと警告しに來て吳れた人に向つて、最後に附け加へたことも忘れてゐた。彼は、實際に何か起きたことも信ぜず、唯、それは誰の罪にした所で、兎に角、商人にとつては將に不愉快で、損のゆく嫌な事に相違ないと思ひ込んでゐた。

　五時迄は何事もなく、子供はお午から睡り續け、一人のお客もなく、村の方から物音一つ聞えて來なかつた。下男と下女は出たつきりで、羊飼も未だ歸つてこなかつた。

　居間に掛かつてゐる振子時計が靜かに丁度五時を打ち出した時第二番目の彈丸《たま》が飛んできた。銃聲は少し離れた所から聞えてきた。商人が言つた。「今度は、先刻《さつき》の人達が馬を離したところで撃つたね。半刻たつたから、あの方向だよ。

　彼等は五時十五分まで待つた。この十五分間には、もう何處でも銃聲は起らなかつたが、十五分が過ぎると、彼等は眞劍に、出發しようと考へ始めた。良人が言つた。「もう俺達はすつかり用意を整へよう。俺が牛を車につけるから、お前はその間に子供を連れといで。出發を妨げるやうな奴は一人もあるまい。彼奴等だつてそれ程馬鹿ぢやないからね。俺達が鐵砲を二挺もつてるつてこと位は知つてるよ。俺達を見さへすりやあ、その位のことは判る筈だからね。若し本當に何かを奪らうつていふんなら、商品を積んだ店と立派な家財道具の傍から俺達を追つ拂つた方が、彼奴等にとつてどれだけ好都合か知れやしない。」

　この計畫は、良人が牛を引いて來る所まで成功した。彼が六匹の牛を、平生《いつも》のやうな大聲でなく、低聲《こごえ》で宥めたり押したり、終ひには短い棒でひどく叩きながら軛の場所まで引いて來て、殿《しんがり》の牛の頸に轅の軛をかけ了つたとき、突如、河の上で鋭い銃聲が起り、彈丸が彼と牛の耳元を掠めて飛び去つた。

　牛達は押し合ひへし合ひ、荷車は一間ばかり引摺られて危く顚覆しかかつた。牛は車から離れて走り去つた。銃聲が續けて起つた。彼は、どうやつて、狂ひ立つた牛や銃聲の間から無事に抜け出し、車の片つ方の車輪に立てかけてあつた二挺の鐵砲と、彈藥筒がきつしり詰つてゐるパン袋を手にして家の中まで逃げこんだか、自分でもよく判らなかつた。

　彼が内へ這入ると妻君がゐた。彼女は子供を腕に抱いて一生懸命賺《すか》さうとしてゐた。子供は火がついたやうに泣いてゐた。商人が話しかけた。「急いで子供を置いて、床に布團を敷いてその上へ寢かすんだ。床の上なら安全だからね。——お前はもう一挺の鐵砲をお取り。——惡黨どもは影も形も見えない。きつと、向ふの白蠟の巣蔭に隠れてゐるに相違ない。——なんてひどい奴等だ！」

彼は窓から二三發撃つた。が、要心深く鐵砲を空へ向けてゐた。彼が撃つたのは、唯自分の方で何かして、姿を見せない攻撃者に、さうそう負けてはゐないぞといふことを知らせるにあつた。

ちよつと射撃が止むと、外に向つて、彼は大聲に怒鳴つた。「おーい、一體、何が欲しいんだ？　そんな事をしたつて何一得にもならないぞ。そんなことをすりや、自分で自分を不幸にするだけだ！　――誰か一人寄越して、何事が起きたか、何が欲しいのか言はせるがいゝ。そ奴を撃つたりなんかすることは金輪際ないよ。」幾度か是に似たやうな事を叫んだ。また、村の長老で宣教師をしてゐる人の名前も叫んだ。「パウルス、パウルス！」。終ひには、信頼できる友人だと思ひ込んでゐる長老達の名前まで叫んだ。

ちよつと靜まつたとき、彼は妻に話しかけた。「パウルスが加擔するなんてことは絶對にないよ、さうだらう。村の若造達が彼の眼を掠めてやつたことに相違ないよ。」

彼等は最初の返事を家の背後から聽いた。家の後壁には窓が一つもなかつた。彼等は、そこで何事が起きるかを見る事もできなかつた。背後からも人が忍び寄るなどとは夢にも考へなかつたので、彼等はすつかり愕いて了つた。背後の聲はかう言つてゐた。「神さんはヘレロ名のついた子供をつれて出ておいで。神さんには牛を一匹やるから、子供と牛を引いてスワコプの河口迄走つて行くがいゝ。」商人は背後の聲に話しかけた。聲で、それが羊飼の父だと判つたからである。彼は乞ふやうに言つた。「ダーヴィド、お前の娘をこゝへ寄越して呉れ。妻も俺も、何事が起きたか判らないんだ。お前の娘ならそれを話して呉れることができる。そしたら、俺達も屹度、話し合ひができるんだ。」更めて、背後の別の人間が叫んだ返事は、依然として「神さんをお出し、神さんと子供だけを。」といふだけだつた。然し、話を交はしてゐることには唯一つよい事があるやうに思はれた。といふのは、銃聲がやんだのである。

日沒の一寸前から、土人達は家の後ろでごそごそやり始めた。家の中では、居間の戸口や寢室の窓をできるだけ塞ぎにかゝつた。裏に短い梯子が掛けられ、屋根が狙はれてゐることに彼等は氣附いた。寢室の棟には生子板がしつかり締めつけられてゐたので、最初の不器用な襲撃にはびくともしなかつた。すると今度は、梯子が居間の後壁へ移された。良人は妻君に向つて「子供を抱いて寢室へ行つといで。」さう言つて、彼は、先刻妻に渡した、大粒の霰彈が籠めてある第二の鐵砲を手にとつた。彼は戸口に立つて、壁の上に角材と板が張つてある壁にそつて上へ眼を移した。彼の手は微かに震へてゐた。壁と天井の間から覗いてゐる空の一角はもう暮れてゐた。生子板が揺《ゆす》ぶられ、直き動き出して、上に載せた重い石がごろ〳〵鳴つたかと思ふと、最列の板と石が塵を散らしながら物凄い音と共に部屋の中へ落つこちて來て、籐椅子を目茶々々に潰した。商人は銃を擧げ、きつと天井の割れ目を睨んだ。彼は直ぐぶつ放すことができた。弾丸《たま》に命中《あた》つた男が恐しい唸りをあげて屋根から墜落した。他の土人達も愕いて飛びおりたのであらう、梯子のひつくり返る音がした。

かうした物音は、家の中ですつかり手にとるやうに聞こえた。そのあと、未だ一人だけ、屋根の穴から後ろへ石を投げる氣配がした。が、その男も餘り傍へは近寄れなかつた。石は時計と二三の額を叩き潰した。それで、物音はぱつたり杜絶えた。

商人は寢室へ這入つて來て「もう誰もゐないやうだよ。ヘレロ人は夜襲することはない。明日の朝になれば、屹度巡邏がやつて來るよ。さうしたら占めたものさ！　さうすりやあ、オカハンジャからも巡邏が急行するだらう。實際そんな噂が飛ぶやうに弘まつてゐるからね。――兎に角、一人だけは俺の手で返報《しかへし》してやつたよ！」――

「警官が来る前にもう一仕事やらなけれやなるまいから、少し寢とかう。」

彼等は寢室から居間へ通ずる扉を塞いだ。妻は、こんな場合にも良人がすぐ寢入つて了つたのに喫驚りした。が、また幾分心の安心にもなつた。

妻が明るくなつた頃、彼女自身もぐつすりと寢入つてゐた。良人が彼女を起した。良人の顔は暗い部屋の中で見ると、ひどく歪んで疲れ切つたやうに見えたので、彼女はその顔から身退ぎした程で、彼が何度も言葉を繰返し、彼女が煙の匂ひを嗅ぎつけたとき始めて、危險の迫つたことを知つた。

良人はかう言つてゐた。「あ奴等は居間の後壁に穴を明けたんだ。あ奴等は、もう大分前から穴を明けにかゝつてゐる。俺は一晩中その音を耳にしてゐた。あ奴等は今、薄い木切れと枝と石油をもつて來て、それに火を點けたところだ。」

夫婦は暫らくその儘、ベッドの縁に腰掛けてゐた。彼等は睡つてゐる兒を間にして揺《ゆす》つてゐた。彼等は、警察の巡羅が來はしないか、或ひはオカハンジャから救援が來はしないか、ひよつとすると、情勢を一變するやうなことが起りはしないか、と二人とも聽き耳を立てゝゐた。

彼等は、既に間の扉が燻り出して、やつとのことで燻つた箇所を消し止めた時にも未だそれを信じてゐた。彼等は今に救援が來るものと飽く迄信じ切つてゐた。が、突然、煙と焰が激しくなつて、子供が泣き出し、息が詰つて口をぱく〳〵やり始めた。そこで彼等は寢室の一方の窓をあけ放つた。

人影一つ見當らなかつた。直に銃聲も起らなかつた。商人が叫んだ。「パウルス、パウルス、俺はこれ迄一度だつてお前達に惡いことはしなかつた。俺はお前達皆に親切を盡してきたんだ。お前達自身さう言つたぢやないか。なあ妻や子供まで燒き殺さうつていふのか?」

返事は後ろから聽こえて來た。その返事は昨日の午後と殆どちつとも變つてゐなかつた。「神さんがヘレ名のついた子供をつれてわし等の所へ來りやあ、今でも子供と神さんだけは無事だよ。」この返事には但し書がついてゐた。それは「神さんと子供が外へ出たら、商人は窓邊の傍を離れちや不可ん!」

彼は、多分、返事に含まれてゐる總ての意味を獨り合點したのであらう。彼はかう言つた。「俺達は、誰か事情を知らない奴が俺達の姿を見附けて、擊つても關はないなどと考へる暇がないうちに直ぐ飛び出さなさけりやならん。俺が先づ窓から出る、次にお前が急いで攀ぢ出る。そしたら、お前は子供を抱いてパウルスの小舍まで走つてゆくんだ。その間に俺は皆と話をつけとくからね。」さう言ひながら、彼女が登りいゝやうに、床几を窓の下まで引張つて行つた。彼は窓から飛び下りて、子供と鐵砲を受取り、彼女も續いて飛び下りて、子供を抱き取つた。

丁度、この瞬間、河向ふからその窓を狙つて續けざまに彈丸が飛んで來た。妻君は額に擦過彈を受けた。彼女は子供を抱いて走りながら叫んだ。「一發妾に當つた。」彼女は良人が續けて二發擊つた音を聞いたやうに思つた。彼女は、河床でも肩にまた一發喰つて、血が胸の上まで流れ出した。

二度目の負傷以後、最早、彼女は銃聲を耳にしなかつた。彼女は少しも愍まず、長老で宣教師たるパウルスの小舍に辿りついた。子供は傷一つ負はず、泣きもしなかつた。彼女は小舍から飛び出して來た女に水を求め、シャツを引裂いて、自ら肩に繃帶をした。

そこへパウルスが出て來た。長老は「どうして、お前さんはもつと早く出て來なかつたのかね。昨日からお前を呼んでたのに。もう今となつては、俺達の使ふことが出來た品も大方燒けて了つた。それにしても、お前と子供は助かるだらう。獨逸人のほうでも決して女とは爭はないもんだからね。」彼女は、他の者達が、生かしとくのは神さんぢやなくて子供だけだ、と言ふのを小耳に挾んだ。だが、パウルスは重ねて「それにしても、お前と子供は助かるだらう。もういゝから、お前は宣教師の道を辿つてオチトゥエズへ行けるやうになる迄、わしの小舍の一つへ行つて緩りお憩《やす》み。」　さう言ふ言葉を彼女は呆然《ぼんやり》聞きながら、唯子供をしつかり抱き締めて、別に戰く色もなく、對岸で自分の家と店が眞つ赤に燃え上つてゐる光景を眺めてゐた。その上、彼女は一人のヘレロ人が良人の鐵砲を持ち、また或る者が良人の冠り慣れた帽子を冠り、或る者は良人の着慣れた上着をつけてゐるのを見てゐた。その他にはもう良人の姿は見られなかつた。その後、黑人村から來た捕虜からも彼の事に就いては一言も聞き出せなかつた。

商人自身の運命は、西南アフリカの、無慈悲な暑い土地と苦難を共にした多くの獨逸人と同樣だつた。彼は同胞の多くの人々と同じやうに、土人の酷使者でもなければ、壓制者でもなく、征服者でも、向ふ見ずな冒險家でもなく、實直な小市民にすぎなかつたのだが、唯、その土地が提供し得るより幾分早目に成功を收めようとしたに過ぎない。彼は他の人々と同じやうに、暑熱と自由の天地で一歩一歩と運命に歩み寄り、不圖或る日氣が附いて見ると、いつの間にかたつた一人で運命と對《むか》ひ合ひ、無慈悲にも運命と顏をつき合せてゐた。彼の場合も、勿論不可避的な運命に直面して、いささか英雄的行爲を示したといふ次第である。（物語り１終り）

（未完）

## 小説が面白くないといふこと

小説が面白くないといふことはかなり前からいひ盡くされてゐるといつてもいゝことだが、月々の雜誌を讀むごとにとりわけ強く思ひなされる。面白い面白くないといつた物の云ひ樣は見方によつては甚だ俗つぽい表現かも知れないが、現實に多くの作品がその樣な在り方をしてゐるのだから仕方がないのだ。

何故に面白くないかといへば、何かなしすべての作品が嘘のやうな氣がするのだ。虛構の問題ではなく、感銘の問題なのだから仕方がない。

もしそれを一言でいひうるなら人間の問題と云ひ得よう。いまさら古くして新しいなどといひたくはないが、事實であつて見れば、これも止むを得なからう。フロオベルのやうに「人間魂の茫洋たる世界」への漂泊などといふのは止めよう、臭い息をしてゐる人間を書けばいゝのだ。レアリズムなどといふのではない。マラルメの詩の香りによつて作曲したドュビッシーの「海」の一枚でもいゝではないか。決して忍苦と苦惱の底からドームの上に耀く、金色の光のなかに人間の何なるかを見出した作家のそれと異つてはゐないのだ。

それについていま日本の國の作家の一特徴として「美穗子」の作者が想ひ出される。一行で謂はなければならないので甚だ遺憾だが「風立ちぬ」のやうな作者でも次第に地上―人間惡臭の世界に近づいてくると小説が駄目になつてくるといふことである。これ一體どのやうな秘密によるのであらうか。（D）

# 地獄の機械

——戯曲

ジャン・コクトウ作

中野秀人譯

## 第四幕

エディポス王（十七年後）

**聲**

十七年間は忽ちにして過ぎ去る。テオベには惡疫蔓延し、聲望高い幸運のエディポスに訪れた最初の躓きが現れる。神は、地獄の機械を滞りなく廻轉させるために、すべての不運を幸運の姿に僞裝させて置いたのだ。欺きの幸運の後で、王は、本當の不幸と最高の聖列加入とを經驗する。かくして、慘酷な神は、最後にはこの骨牌の王様から人間を創り出す。

寝室を引拂つて、その赤い垂を宙の間に捲き上げると、舞臺はずつと大きくなつた壁に取圍まれてゐるやうに思はれる。そして、それが即ち中庭を表出する。高いところにバルコニーの附いたジョカスタの部屋があつて、この中庭に通ずる。それには中央下段の開かれた扉による。幕があがると、歳を取り、いくらか髯を生やしたエディポスが、扉に近く立つてゐる。ティレジヤとクレオンとは、中庭の左右に立ち、中央右手に、まだ若い子供のコリントからの使者が地面に片膝を突いてゐる。

**エディポス** また、みんなをたまげさせるやうなことをしでかしたんですか、ティレジヤ？

**ティレジヤ** あなたは、どうも誇張してゐられる、いつものやうに。私は、も一度申し上げねばなりませんが、お父上の死を聞かれたなら、も少し悲しさうな様子があつて然る可きだと思ひます。

**エディポス**　まつたく。（使者に）懼れることはない、して、ポリビュウスの死因は？　メロープはただ悲しみ切つてゐられるばかりか？

**使者**　ポリビュウス王は老齢で亡くなられました、君主様。そして、女王、奥方は、それが殆どお判りにならない位です。奥方は、御自分の御不幸さへもよくはお判りにならないほど歳を取つてしまつてゐられるのです。

**エディポス**　（口に手を當てて）　ジョカスタ！　ジョカスタ！

ジョカスタ、露臺の上に現れる。カーテンを押し開ける、赤いスカーフを身に纒つて。

**ジョカスタ**　どうしたのですか？

**エディポス**　なんて青い顏をしてゐるのだ！　どこか惡いのか？

**ジョカスタ**　えゝ、疫病と暑氣と、それに病院に見舞ひに行つてきたもんで、すつかり疲れてしまつたのです。いま、一寸床に横になつてゐたところです。

**エディポス**　この使者はね、大變な報せを持つてきたよ、先づびつくりするには充分だ。

**ジョカスタ**　（愕然として）　良い報らせ？……

**エディポス**　ティレジヤは、わたしがそれを喜んだと言つて責めてゐるのだ。お父さんが亡くなられた。

**ジョカスタ**　エディポス！

**エディポス**　託宣によれば、わたしは彼を殺し、その妻の夫となるところだつた。氣の毒なメロープ！　彼女はすつかり歳をとつて、私の父ポリビュウスは自然の大往生を遂げたのです。

**ジョカスタ**　父の死は、あたしの知る限りでは、決して幸せな出來事ではありません。

**エディポス**　わたしは、お芝居や安價な涙を憎んでゐる。それに、まつたくのところ、わたしは父母のもとを幼少の頃去つてしまつたので、別にこれといふ實感が湧いてこないのだ。

**使者**　エディポス様、もしお許しがありますれば……

**エディポス**　よろしい、言つてみなさい。

**使者**　あなた様の無用心は、無關心とは言へません。いま御説明申上げますが……

**エディポス**　何か新口だな。

**使者**　私は、物語の結末から始めるべきでありました。コリントの王様は、その臨終の床で、あなた様が嫡子ではなく御養子にあらせられる由、あなた様にお傳へせよと私に申されました。

**エディポス**　何だつて？

**使者**　ポリビュウスの羊飼の一人であつた私の父が、山の上で、野獸の餌食に曝されてゐたあなた樣を發見しました。私の父は、貧しい者で、その拾つた子供を、子供がないといつて歎いてゐられた女王樣のところに持つていつたのでありました。これが、テオベの御殿に、このやうな大事のお使ひを果す役目を、私に仰付けられた理由であります。

**テイレジヤ**　この若者は、長旅で疲れきつてゐるのに相違ない。おまけに、疫病の惡臭に滿ちてゐるこの都を通り拔けてきたのだ。いくらか休ませて、元氣が恢復したところで質問した方が上策であらう。

**エデイポス**　ごもつとも樣、テイレジヤ、あなたはゆつくりとわたしの苦しみを見物したいのでせう。わたしの世界が搖らつき出したと思つてゐるんですね。あなたはわたしを知らないんだ。まだ喜ぶには早いよ。わたしは幸運兒で結構滿足かも知れんよ。

**テイレジヤ**　私はただ、あなたの惡い質問癖を、なんでも知つて、なんでも判らうとなさる、それをお愼みなさつた方が安全だらうと申上げてゐるのです。

**エデイポス**　わたしがミューズの神の子であらうと、ただの渡り者の子であらうと、わたしは恐るるところなく質問するんだ。わたしは探り出して見せるよ。

**ジヨカスタ**　エデイポス、ねえ、彼の言ふとほりよ。あなたは亢奮する……すぐに亢奮して……あなたは言はれたことは何でも信ずるのです、そして後になつて……

**エデイポス**　何を言ふのだ！　それこそ最後の藁だ！　わたしはちつとも騷がず、どんな打擊にも堪へてきた。あなた達はみんなさうしたことを謀んで置いて、わたしが何處から來たか判らせようとしないのだ。

**ジヨカスタ**　誰でも謀んでなんか……まあ、あなた……だが私の知る……

**エデイポス**　それは違つてゐるよ、ジヨカスタ。現在のところ、誰もわたしを知りやしない、あなたにしても、わたしにしても、誰一人として。（使者に）お前、なにも震へることあないよ、話しなさい。さ、後を話して。

**使者**　私の知つてゐるのはそれだけです、エデイポス樣。ただ、私の父が、足に傷をして、半ば死んで短い木の枝からぶら下つてゐられたあなた樣を、おほどき申上げたことを除いては。

**エデイポス**　おゝ！　それが、あの素晴しい傷の原因なんだな！

**ジヨカスタ**　エデイポス、エデイポス、あなた……こゝへ來て……誰でもあなたが御自分の傷痕にナイフを突込んで喜んでゐられるのだと思ひますよ。

**エデイポス**　なるほど、それがわたしの禍祟だつたんだ！

……わたしの狩の話は……嘘、すべて他の話も同様に。うん、そんなことだつたら……わたしは、森の神か山の神から生れてきて、狼に育てられたんだらう。まだ喜ぶには早いぞ、テイレジヤ！

**テイレジヤ**　それは餘りの御無禮……

**エデイポス**　兎に角、わたしはポリビュウスを殺さなかつた。然し、まてよ……わたしは一人の男を殺した。

**ジヨカスタ**　あなたが！

**エデイポス**　さうだ！　わたしだ！　おゝ、何もびつくりすることはない。それは、單なる出來事、運悪い過失だつた！　さう、わたしは殺した、だが占者、親殺しの件ならお前、斷念した方がいゝぞ。その従者と爭つてゐるうちに、わたしはデルフイとドウリの四辻で老人を殺した。

**ジヨカスタ**　デルフイとドウリの四辻で！（彼女は溺れるもののやうに消え去る）

**エデイポス**　そいつは全く、素晴しい大團圓を造りあげるにはもつてこいの材料だ。その行人はわたしの父だつたに相違ない。「おゝ、わが父！」だが、姦淫の方はさうた易くはいかんぞ、諸君。どうだね、ジヨカスタ？……（彼は振り返つて、ジヨカスタがゐなくなつてゐるのに氣付く）ほほう、見事だ！　幸福の十七年間、完全な支配、二人の息子、二人の娘、それからこの高貴の御婦人は、私が單なる放浪者であつたことを知つたのだ。最初には私を愛して、いまは私に背く。勝手にするが宜いさ！　勝手にするが宜いさ！　わたしは、ただわたしの運命とともに殘る。

**クレオン**　エデイポス、あなたの妻は病氣なんだ。悪疫がわれわれみんなを頽廢させてしまふ。神は都に罰を下しその罪人を求めてゐる。怪物がわれわれの眞中に身を匿してゐるので、神はそれを探し出し追ひ出してしまふことを要求してゐる。警察はなんど手を下しても失敗、街には轉がつた死骸が殖えてゆくばかりだ。あなたには、あなたがどんな無理をジヨカスタに要求してゐられるか判りますか？　あなたには、あなたが男で、彼女が女でしかも既に歳老ひはじめてゐる女で、傳染病で脅されてゐる母親だといふことがお判りですか？　ジヨカスタを不届だといつて叱るよりも、彼女を許す氣持になつて欲しいものです。

**エデイポス**　あなたが何を言はうとしてゐられるか知つてゐますよ、兄弟。本當の罪人、怪物は匿れてゐる……一つの暗合は次から次へと……坊主と警官の手を借りてテオベの民衆を誑し、この私が怪物だと信じ込ませようなんて、まつたくたいした思ひ付ですよ！

**クレオン**　とんでもないことを言ふ人だ！

**エディポス**　あなたは、何でもやりかねませんよ。だが、ジョカスタ、これはまた別な問題だ……わたしは彼女の態度にはあきれ返つてゐる。（彼女を呼ぶ）ジョカスタ！　ジョカスタ！　何處にゐるんだ？

**テイレジヤ**　彼女は、まるで卒倒しさうな様子だつた。彼女は休んでゐる……そつとしてやりなさい。

**エディポス**　わたしは、行つてみる……（使者の方に歩み寄つて）さて、その要點だが……

**使者**　君主様！

**エディポス**　足に穴……縛つて……山腹……どうしてわたしにすぐそれと判らなかつたのだ？……それからジョカスタがどうして……

謎を思ひ諦めるのは難しい……紳士諸君、わたしは山の神の子ではなかつた。諸君に、御紹介します。わたしは女中の子で、平民の子で、私生兒だつたのだ。

**クレオン**　これは、一體全體何のことだ？

**エディポス**　氣の毒なジョカスタ！　いつか私はふとしたはづみに、自分のお母さんを何と考へるか話した筈だ……それで何もかも判つた。彼女は魂消て、氣も顚倒してしまつたのだ。つまり……だが待てよ。どんなことがあつても、わたしは彼女を問ひ質さなければならない、闇のまゝ殘してはならないのだ、さうすればこの怖ろしい道化芝居も終りにならうといふものだ。

彼は中央戸口から去る。クレオン、使者の方に駈けつけて、彼を右手戸口より追ひ出す。

**クレオン**　まるで氣違ひだ。一體これはどうしたといふんだ？

**テイレジヤ**　動きなさんな、嵐は、一番遠い時代からわれわれに吹き寄せてくるのだ。電撃はこの人に狙ひをつけてゐる、クレオン、お願ひだ、電撃を荒れるがまゝに委せて置きなさい。少しでも干渉しなさんな。

突然、エディポス、バルコニーの上に現れる。よろめき放心して、片手で壁を支へる。

**エディポス**　あなた達は、私に對して彼女を殺したのだ。

**クレオン**　何を言つてゐるのだ、殺した？

**エディポス**　あなた達は彼女を殺したのだ……その通り、首を吊つて、自分のスカーフで首を吊つて……彼女は死んでゐる……紳士諸君、彼女は死んでゐる……みんな終つた…終つてしまつた。

**クレオン**　死んだ？　いま行く……

**テイレジヤ**　止りなさい……高僧があなたに命じます。勿論、それは非人間的です。だが圓周はちぢまつてくる、默つて、こゝで見てゐるのです、どうか……

クレオン　あなたは肉身の兄妹を、まさか……

テイレジヤ　いや、いけません！　物語はそのまゝそつとして置くのです……

エディポス　（戸口に倚つて）　あなた達は、私に對して彼女を殺したのだ……彼女はロマンティックだつた……弱く……病んでゐて……あなた達は私に私が殺人者だつたと言はせたのです……誰を殺したんです、紳士諸君、お聞かせ下さい……不器用さから、單なる不器用さから……ただ路傍の老人を……見知らぬ人。

テイレジヤ　エディポス、單なる不器用さから、あなたはジョカスタの夫、ルイス王を殺したのだ。

エディポス　なんて情けない奴等だ！……いまこそよく判るよ！　あなた達はさうした陰謀を築きあげて居たのだ……これは私が豫想して居たよりももつと酷い……あなた達は私がルイスの殺人者であつたと、可哀想にジョカスタに信じ込ませてしまつたのだ……つまり、私は彼女を自由にして、彼女と結婚することが出來る爲に、王を殺したのだ、といふ工合だ。

テイレジヤ　エディポス、あなたは王ルイス、ジョカスタの夫を殺したのだ。私はとつくからそれを知つてゐた、であなたは嘘を吐き續けてゐた。私はその事を、あなたにもクレオンにも誰にも一言も云ひはしなかつた。これが私があなたに對して默つてゐたことのあなたの仕打ですか？

エディポス　ルイス！……なるほど、そんなことか……私はルイスと侍女との間に出來た子なのだ。ジョカスタの義姉妹とルイスの子。

テイレジヤ　（クレオンに）　もしもあなたが行動したければ今です。早く、無自覺な事にも際限がある。

クレオン　エディポス、あなたのせいで私の姉妹は死んだ。私はジョカスタの命を救ふ爲に默つてゐたのだ。私は僞りの神秘、その陰謀をついに發見する事が出來た、もうその下等なお芝居の解釋を不必要に引きのばして置く事は無益です。

エディポス　陰謀？

クレオン　秘密の中の秘密が日一日と眞實を求める具眼者の瞳に映つて來る……沈默を誓つた正直者がその妻に話す、彼女は又親しい友に話す、それからそれ。（舞臺翼に向つて）お入りなさい、羊飼。

年取つて羊飼がふるへながら入つて來る。

エディポス　これは誰だ？

クレオン　あなたの母の命令によつて、血を流してゐるあなたを運んで、山腹に縛りつけて來た男です。彼に白状させなさい。

羊飼　申し上げることは私の死も同然で御座います。王子様、何故私はこんな瞬間を生きる位なら、もつととつくに死んでゐなかつたのでございませう。

エディポス　私は誰の子だ、御老人、さあ、さあ、早く！

羊飼　あゝ。

エディポス　私は今や聞いてはならない何事かを聞かうとしてゐる。

羊飼　そして私は、云つてはならない何事かを云はうとしてゐます……

クレオン　お前は云はなければならん、さあ、云つてしまふのだ。

羊飼　あなたは、あなたの妻ジョカスタと、あなたがその三筋の道が出合ふ所で殺されたルィスとの間に出來たお子様です。親殺しと姦淫、神様があなたをお許しなさいますやう。

エディポス　私は殺してはならない者を殺した。私は結婚してはならないところの者と結婚した。私は私がしてはならないところの事をやつて來た。すべて明らかだ……

(出て行く)

クレオン　(羊飼を追拂つてから)　彼が話してゐた所の側女とか義姉妹とかは一體誰の事ですか？

テイレジヤ　女と云ふものは口をとぢて置く事の出來ないものだ。ジョカスタが、エディポスの上にはどんな影響が表れるものか知らうと思つて、彼女の罪惡が召使に依つて行はれたんだと揑造したに相違ない。

テイレジヤ、腕を組み頭をたれて耳をかたむける。かすかな騒音。小さなアンティゴーネが髪をふり亂して露臺の上に現れる。

アンテイゴーネ　叔父さん！　テイレジヤ！　來てよ、早く！　いそいで、大變だ！　なかで叫んでゐるのが聞えたんです。お母さんつたらもう動かないの、材木のやうに轉がつたまゝ、お父さんは、その上で藻掻きながら、お母さんの金のブローチで眼をえぐつてしまつたの。どこもかしこも血だらけ。あたし怖いの！　あたし、もう怖くつて、怖くつて、來てよ……來てよ……早く……

(なかには入る)

クレオン　今度こそ誰も私を止める譯にはゆきません……

テイレジヤ　いや、いけない、聞きなさい、クレオン、最後の仕上げが、いまこの恐怖の傑作に加へられようといふのだ。絶對に默つて、動いちやいけない。その上にわれわれの影を投げかけるといふのは、不親切といふものだ。

クレオン　氣違ひ沙汰だ！

テイレジス　叡智の限り……さう言はねばならん……

**クレオン**　不可能だ。ほかのことは別として、權力がも一度私の手のなかに落ちてくる。

彼が、その場を振切つて馳け出さうとすると、戸が開く。エデイポスが現れる、盲目。アンティゴーネが彼の着物に縋りついてゐる。

**テイレジア**　止まれ！

**クレオン**　わたしは氣が違つてしまふ！　なぜ、なぜ、彼がそんな眞似をしたのだ？　自殺した方がまだましだ。

**テイレジア**　彼の誇りがさうはさせないのだ。彼はもつとも幸福な人間であらうとした、だからいま、彼はもつとも不幸な人間であらうとするのだ。

**エデイポス**　わたしを追ひ出させるがいゝ、片をつけて呉れ、石をぶつつけて呉れ、この汚い獸をぶつ叩いて呉れ！

**アンテイゴーネ**　お父さん！

**テイレジヤ**　アンティゴーネ！　わたしの占ひ道具！　それを彼に渡して呉れ、きつと何か役に立つときがある。

アンティゴーネ、テイレジヤの手に接吻し、その道具をエデイポスのとこに持つてゆく。

**アンテイゴーネ**　テイレジヤが、彼の道具をあなたに上げますつて。

**エデイポス**　そこにゐたのか？……戴きます、テイレジヤ……戴いて置きます……あなたは覺えてゐますか、十八年前、私はあなたの眼のなかに私が盲になるといふことを見たのです、しかも私にはそれが判らなかつた。いまは何もかも明かだ。テイレジヤ、だが私は苦しい……痛む……旅は辛いことだらう。

**クレオン**　われわれは彼に街を通らせてはならん、それはとんでもない醜聞だ。

**テイレジヤ**　（低い聲で）惡疫の街で？　そのうへ、あなたも知つてゐる、人々はありし日のエディポス王を見ただけだ。彼等にはこの現在の王を見ることは出來ない。

**クレオン**　あなたは、彼が盲なので、人にも見えないだらうと仰言るのですか。

**テイレジヤ**　殆ど。

**クレオン**　ふん、あなたの謎や符號はもう澤山です。私の首はしつかりと肩に乘つてゐます、私の足は土に生えてゐる同然、私は命令を發します。

**テイレジヤ**　あなたの警察はよく組織されてゐるかも知れません、クレオン、だがこの人の行く先々では何の力もありはしません。

**クレオン**　私は……

テイレジヤ、クレオンの腕を抑へ、その口を彼の手で覆ふ……そこに、戸口にジョカスタが現れたので。ジョカスタ、眼を閉ぢて、死んで、眞白で、美しい。彼女の長いスカーフが彼女の首に巻きついてゐる。

**エディポス**　ジョカスタ！　お前、お前生き返つてきたのか？

**ジョカスタ**　いゝえ、エディポス、私は死んでゐる。あなたは、あなたが盲なので私を見ることが出來るのです。他の人には見えません。

**エディポス**　テイレジヤは盲だ……

**ジョカスタ**　多分、微かに見えるでせう……しかし彼は私を愛してゐます、彼は何にも言ひはしませんよ……

**エディポス**　わが妻、わたしに觸んなさんな！……

**ジョカスタ**　あなたの妻は死んでゐる、首を吊つた。エディポス。あたしはあなたの母、あなたを助けにきてゐるのはあなたの母です……まあ、どうして、その階段だけでもあなた一人で降りられますか、あたしの可哀さうな子？

**エディポス**　お母さん！

**ジョカスタ**　さう、あたしの子、あたしの小ちやい男の子……生きてる人間には堪へ難いことでも、あたしが住んでゐるところから見れば、もしもあなたが判つてさへ吳れれば、判つてさへ吳れれば、それはまつたくとるに足りないことなんです！

**エディポス**　だが、わたしはまだこの地上にゐる。

**ジョカスタ**　ほんの暫くね……

**クレオン**　彼は幽靈と話してゐる。もう頭が朦朧としてゐるのだ。私はあの小ちやい娘をこのまゝ離すわけには……

**テイレジヤ**　大丈夫、心配は要りません。

**クレオン**　アンティゴーネ！　アンティゴーネ！　呼んでるじやないか……

**アンテイゴーネ**　叔父さんと殘つてゐたくないんです！　嫌です、家に殘つてるのは嫌です。ねえ、お父さん、あたしのお父さん、あたしを殘していつちや嫌！　あたしが道案内しますからね、あたしに捉まつて……

**クレオン**　恩知らずの餓鬼だ。

**エディポス**　出來ないよ、アンティゴーネ。ね、いゝ子だから聞き分けて……一緒にゆくわけにはゆかないよ。

**アンテイゴーネ**　いゝえ、出來ますよ！

**エディポス**　お前、妹のイスメーンをほつぽらかしてゆく積り？

**アンテイゴーネ**　イスメーンはエテイオクルとポリニセスと一緒に殘らなきやいけないの。あたしを連れて行つて、お願ひ！　ねえ、お願ひつたら！　あたしを一人殘していつちや嫌！　あたしを叔父さんと殘していつちや嫌！　あたしを家に殘さないでよ！

**ジョカスタ**　その子は、自分で得意なんです。自分であなたの道案内になると思つてゐるのです。さう思はせておやりなさいよ。連れて行きなさい、あとはみんなあたしに委せればいゝのです。

**エディポス**　おゝ！……（頭に手をやる）

**ジョカスタ**　苦しいんですか、あなた？

**ジョカスタ**　泉のところで手當してあげますよ。

**エディポス**　さう、頭も、首も、手も……とても堪らない。

**エディポス**　（崩折れながら）　お母さん……

**ジョカスタ**　誰がこんなことになると思つたのでせうか？　あの意地悪なスカーフとこの恐ろしいブローチ！　ね、あたしが何度もさう言つてゐたでせう？

**クレオン**　絶對に不可能だ。私はその氣違ひが、勝手にアンティゴーネと一緒に出て行くことを禁じます。それは私の義務です……

**テイレジヤ**　義務！　もう彼等はあなたの自由にはなりません、彼等はもうあなたの支配下には屬さないのです。

**クレオン**　それなら、一體、何に屬するといふんです？

**テイレジヤ**　大衆に、詩人に、無垢なる魂に。

**ジョカスタ**　前へ、私の着物をしつかり握つて……怖いことはありません。（彼等は出發する）

**アンティゴーネ**　こつちよ、ねえお父さん……さあ行きませう……

**エディポス**　どこで階段は始まつてるんだね？

**ジョカスタとアンティゴーネ**　まだずつと平たいところが續いてゐますよ……

彼等は見えなくなる……ジョカスタとアンティゴーネとが完全に同音で話す。

**ジョカスタとアンティゴーネ**　注意して……足もとを數へて……一つ、二つ、三つ、四つ、五つ……

**クレオン**　假に彼等が街を去るとして、誰が彼等の世話をしますかね、誰が彼等を許容しますかね？

**テイレジヤ**　榮光！

**クレオン**　つまり、不名譽、屈辱と仰言るのでせう……

**テイレジヤ**　それを、誰が知らう。

— 幕 —

（完　結）

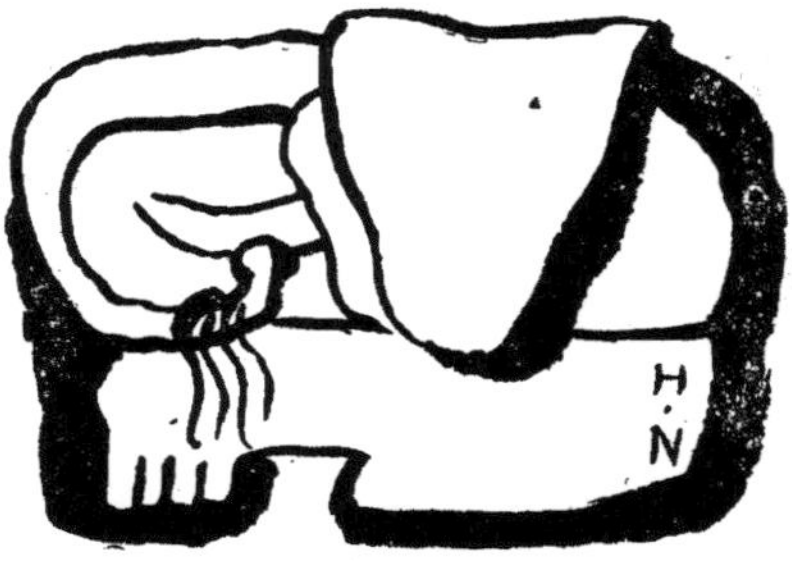

# 開け胡麻　三幕五場

藪田義雄

## 第二幕

街、下手寄りにカシムの家の表門と、これに接續する宏壯な邸の一部が見える。それより正面にかけて斜《はす》かひに何軒かの家が連つてゐる。上手には何軒かの家が斜かひに建ち並び、その一つには仕立屋の店がある。正面にも家があり、その前は廣場になつてゐる。――道路はこれらの家の前を走つて中央奥に消えてゐる。

時間的には、この第二幕は、夜半に始まつて翌日の夕方にいたる間の出來事である。

夜が闌けてゐる。街は暗い。どの家も寢靜まつた中で、カシムの家と仕立屋だけに燈影が見える。門前の薄暗がりに、カシムの妻とアリ・ババの妻が立ち話をしてゐる。

**カシムの妻**　うちのカシムは、まあ一體どうしたんだらう。こんなに遲くなつてもまた歸らない。

**アリ・ババの妻**　大丈夫よ嫂さん、屹度、アリ・ババが探して一しよに歸つて來ますわ。

**カシムの妻**　でも、わたしや、先刻から胸騒ぎがして仕方がないんだよ。

忍びやかに門扉が開いてモルヂアナが顏を出す。

**カシムの妻**　あ、旦那樣が御歸りになつたのかい？

**モルヂアナ**　…………………

**カシムの妻**　（ヒステリックに）默つてゐちや判らないぢやないか。

**モルヂアナ**　あの……（あたりを憚るやうにして何か囁く）

**カシムの妻**　えツ、それぢや、やつぱり……

思はず泣き聲をたてて取り縋るのを、アリ・ババの妻が宥めて門内に入る。續いて、モルヂアナも中に入るが、すぐに黒の面紗《おもぎぬ》をかぶつて出てくる。小走りに舞臺を横切つて上手の方へ行きかかる。その時、仕立屋の燈が消える。瞬間、モルヂアナは足を止めるが、結局、家の前まで行く。しづかに表戸をノックする。

内部に燈が點き、親爺が面倒臭さうに戸を開ける。モルヂアナは默つて金貨を出して一つ二つ……と大きな掌に載せてやる。そして何やら私語すると、親爺は相好を崩して合點合點をする。表に出る。

モルヂアナが眼隱しをして二三度ぐるぐる廻はす。手を曳いて一旦、奥へ消える。再び下手に現はれる。そこで眼隱しを調べなどして、そのままカシムの邸に曳いて入る。

あとには全く人通りが絶え、夜はしんしんと闌けわたつてゆく。間。

突然、門の内で人の倒れる音がしてこの靜寂が破られる。「足許に氣をつけて下さいね」――モルヂアナの聲がして、門が開き仕立屋の手を曳いて、元きた道を家まで送り屆け、すぐに引き返す。

二人が家に入つてしまふと、空がだんだん白んできて、間もなく夜が明ける。

仕立屋の親爺が店先の硝子戸を開け放つ。思はぬ金に有り付いたので、朝つぱらから醉つて上機嫌である。裁物臺《たちものだい》を食卓代りに、酒の瓶と肴が幾つか。裁物臺の下には裁ち屑が散らばつてゐる。うしろの壁には、出來あがりや出來かかりの衣類が幾つか懸けられ、どうやら商賣の體裁だけは整へてゐる。

**仕立屋獨唱**　（鼻唄風に）

年はとつても仕事は上手
腕に覺えの糸と針、
今日も今日とて眞夜なか過ぎに
連れて行かれた何處かの家で

縫つた縫つたよ、軀《むくろ》を縫つた、
さても曰くがありさうな。

この唄の間に、盗賊の1、上手から登場。
仕立屋に氣がつき、つかつかと店先に歩み寄る。

**盗賊の1**　朝つぱらから景氣がいいね。何か甘い儲け口でもあつたんですかい？

**仕立屋**　（とりあはず、また唄ひ出す）
年はとつても仕事は上手
腕に覺えの糸と針、

今日も今日とて眞夜なか過ぎに
連れて行かれた何處かの家《うち》で、

縫つた縫つたよ、軀《むくろ》を縫つた、
さても曰くがありさうな、
さても曰くがありさうな。

**盗賊の1**　（店先に腰を降ろす）その、軀を縫つたつてのは死人に着せる經帷子《きやうかたびら》を縫つたつてことですかい、へへゝゝ。

**仕立屋**　（慌てて）お前さんの知つたこつちやねえんだ、默つててくれ。

**盗賊の1**　まあさう、邪慳にしなさんな。

ぢろりと横眼に睨んで薄笑ひを浮べる。懷中から金貨を出し掌で蜻蛉返りをさせてみる。仕立屋の視線が次第にその方に吸ひつけられる。

**盗賊の1**　親爺さんが隱さうとしてゐることを、俺らはなにも知りたかねえよ。ただ、その仕事を何處で頼まれたかそいつを教へて貰ひてえんだ。

默つて金貨を摑ませる。仕立屋の態度が急に變る。もう一枚握らせると、否應なしに起ちあがる。外に出る。盗賊が眼隱しをして二三度ぐるぐる廻はす。以下、モルヂアナの通つた道を歩いて、カシムの家の前までくる。

**仕立屋**　（聲を落して）たしか、ここでしたよ。

**盗賊の1**　さうか。（あたりを見廻はして、門扉に白墨で○《まる》を書く。眼隱しを取つてやる）御苦勞だつた、もういいから歸《けえ》つてくれ。

仕立屋は去る。
あとを見送つてゐた盗賊の1は「さうだ！」と一言叫んで、上手へ駈け入る。
漸く家々の扉が開いて、信心篤い街の人々が中央の廣場に集つてくる。女はみな黒いヴェールで顔を覆つてゐる。モルヂアナも出て加はる。人々は一様に地に跪いて、恭々しくアラーの神に禮拜する。

お祈りが濟むと一しきりざはめくが、すぐに靜かになり、舞臺にはモルヂアナひとり殘る。モルヂアナも家に入らうとするが、その時ふと、門扉に書かれた〇印を見つけて驚く。ぢつと考へる。……足許に落ちてゐる白墨の小片を拾ひあげ、そこらぢうの扉に全部、同じやうな印を附けて引込む。

入れ替つて、盗賊の１が首領を案内して來る。

**盗賊の１**　首領《かしら》、目印の附いてる家《うち》ですよ、洞窟を荒らした大泥棒の家は……

**盗賊の首領**　（足早に歩きながら）よし、わかつた。（一軒の家を指さして）ここか。

**盗賊の１**　えゝ、さうです。

**盗賊の首領**　（別の家を指さして）ここか。

**盗賊の１**　あツ。

**盗賊の首領**　（その隣りを指さして）ここか。

**盗賊の１**　（きよとんとして眼を擦る）

**盗賊の首領**　馬鹿野郎！

鞭で打つ。兩手で頭をかかへて逃げ去る。首領は忿然として仕立屋の店先へ通る。奥から赤い顔をした親爺が出てくる。金貨を握らせる。親爺は心得て「こらしよ」と掛け聲をして歩き出す。駈け出す。轉ぶ。ひと廻りして、カシムの家の門前に至る。

**盗賊の首領**　（凄い眼付きをして門の內を睨む）ううむ、どうするか覺えてをれ。

その聲に親爺は吃驚して横飛びに消える。續いて首領も去る。舞臺は暫らく空虚になり、やがて花賣りや水賣りなど通り過ぎた後、かなり遠い感じでキャラバンの唄が聞えてくる。だんだん近づく。

**キャラバンの合唱**

町のあの娘《こ》は氣儘もの
靡くとみせて身をかはす、（そかよ）
どうで振るなら旗のよに
振られて、ちぎれて、諦める。（そかよ、そかよ）
（括弧內は女聲コーラス）

家々の戸口が開いて人々が顔を出す。「あ、キャラバンだ。」「キャラバンだ。」と口々に叫んで、正面奥の方へぞろぞろ出てゆく。駈け出す者もある。

**群衆の一**　（向ふをむいたまゝ）あの、駱駝に積んだ大きな革袋は何だらう……

**群衆の二**　あれか、あれは油袋だよ。

**群衆の三**　へえ、あんなに澤山の油を何處へ運ぶつもりなんだらう。

街の騒ぎに釣られてアリ・ババも出てみる。第一幕に較べると服裝《みなり》がずつと立派になり、おのづから長者の風格を具へてゐる。

**キヤラバンの合唱**

たとへあの娘に振られても
まんざら捨てたものぢやない、（そかよ）
いつも沙漠の占ひが
待ち人きたると告げてゐる。（そかよ、そかよ）

盗賊の首領、再び登場。旅の商人に變裝して物腰までが柔かく、アリ・ババに近づいて叮嚀に額手禮《サラム》をする。

**盗賊の首領**　私は旅の油商人でクワジャー・ハツサンと申します。御當地は初めてのこととて勝手がわからず、日暮れ間近かになつても駱駝を休ませてやる處がございません。まことに申し兼ねますが、お庭の片隅なりと拜借して飼料《かひば》をくれてやりたうございます。

**アリ・ババ**　（盗賊の首領とは知らず）それはそれはお困りの事でせう。御遠慮はいりません、駱駝を休ませて、さ、どうぞあなたもお泊り下さい。

**盗賊の首領**　（跪いて）ありがたう存じます。

**アリ・ババ**　では、早速、仕度をさせませう。（門の内に入る）

この時、舞臺は急に暗くなり、街に燈が點く。

**盗賊の首領**　（呻くやうに）今夜だ、……（拳を胸に當てゝ）今夜だ……

—暗轉—

## 第三幕

豪華な大廣間。第二幕の夜。
正面奥の略々中央に獅子頭を彫刻した大きな圓柱があり、下手にも同じ圓柱があり、この二つを結ぶ三角形の内が座席になつてゐる。（ここから中央の舞臺面に降りる爲、高價な敷物に覆はれた二三段の階段がある）そこにアリ・ババとカシムの息子がクワジャー・ハッサン（實は盗賊の首領）を間に挾んで晩餐の食卓に着いてゐる。三人の後には、一人づつ男奴隷が立ち、大きな羽根團扇で絶えず風を送る。その左方には頭のうへに壺や鉢を載せた女奴隷が數人、控へてゐる。

正面の圓柱――彫刻の獅子の口が銅鑼を啣へてゐる下に、大きな花籠が咲きさかる百花の妍を集めて人目を惹く。更に上手の垂幕の前には、今宵の饗宴に興を添へる樂人の一團がある。

幕が開く前から、テンポの速い賑やかな群舞が始まつてをり、程よいところで幕を揚げる。

美しい踊り子の踊りが暫らく續き、やがて左右に引き取るのをきつかけに、第一の女奴隷が恭々しく三人の前に跪き、酒を注ぐ。續いて第二、第三、第四、第五の女奴隷が料理の鉢を捧げて進み、第一の奴隷のほかはみな元の座へ退く。

**アリ・ババ** （終始にこにこして） さ、どうぞ、充分にお過ごし下され。

**ハツサン** これはこれは、思はぬ御饗應《おもてなし》に預りましてありがたう存じます。

**アリ・ババ** いや、そのお禮では痛み入ります。今宵は氣も晴々として、酒の味ひが一入です。

さかみづく
良夜《あたらよ》の
酒はよきかな、
わが性は
風のごと止まらず、
わが歌は
白蓮《びやくれん》の花咲くごとく。
杯に
滿ちみつる
酒はよきかな。

**ハツサン** （手を拍つて） なかなかお見事です。わたしも即興を一つうたひませう。

とろりよ、たらり、
たらりよ、とろり、
油は寢てゐる晝ひなか
氣まぐれ、ものぐさ、怠けもの、
呼んでも突いてもなほ起きぬ、
なほ起きぬ。

とろりよ、たらり、
たらりよ、とろり、
油は夜半に眼を醒まし
袋を蹴破り、火を噴いた、
忽ちあたりは火の嵐、

火の嵐。

**アリ・ババ**　（手を拍つて）は、はゝゝゝ、これは愉快な唄ですな。（と言つてから、急に思ひ出したやうにカシムの息子に）それはさうと、モルヂアナはどうした？

**カシムの息子**　もう仕度も出來る頃と思ひます。程なくこれへ見えるでせう。

その時、再び賑やかな舞樂が始まり、上手の端から、軽羅を身に纏つたモルヂアナが踊りながら出てくる。金銀で刺繍した胴衣を着け、眼も綾なる飾り帶を垂らし、踝《くるぶし》につけた金環飾《わかざり》りの鈴音をさせて客席の方へ近づき叮嚀に會釋をする。男奴隷のアブヅラーが上手の端で手打皷《タンバリン》を鳴らすと、モルヂアナは懐中に隠し持つた匕首を抜き放ち、右へ左へ振り廻はし、時をりは階段の下までゆく。そして、しなやかに上半身をくねらせ、匕首でわれとわが腕を打ち胸を打ちなどして、踊り狂ふ。やがて、アブヅラーから手打皷を受け取り、右手に匕首を、左手に手打皷を捧げて階段を昇りかける。投げ錢を乞ふためである。

それをきつかけに左右の踊り子たちがうたひ出し、モルヂアナとの問答體になる。

**踊り子合唱**（――印はモルヂアナ獨唱）
卵の中には何がある？
――卵の中には黄味がある。
杏《あんず》の中には何がある？
――杏の中には種子《たね》がある。
駱駝の中には何がある？
――駱駝の中には水がある。

先づ、アリ・ババとカシムの息子が前後して金貨を投げ與へ最後にハッサンが財布を出さうとして前かがみになる。その時……

**踊り子合唱**
油の中には何がある？
――油の中には人がゐる……

「人がゐる」と叫ぶや否や、モルヂアナは素早くハッサンの胸元を射す。ハッサンは呻いて倒れかかる。一座騒然となる。

**アリ・ババ**　（驚愕して）モルヂアナ、これは何事だ、何事だ……

**モルヂアナ**　（非常に昂奮して）いいえ御主人さま、この男はあなた様を狙ふ敵《かたき》でございます。油商人のハッサンとは僞りで、まことは盗賊の首領《かしら》なのでございます。

**アリ・ババ**
**カシムの息子**　なに、この男が。

二人は反射的に立ちあがる。男奴隷がばらばらと駈け寄つて足許に蹲まる。
ハッサンは苦痛を堪へて起きあがるが、すぐに崩折れる。また起きあがる。

**ハッサン獨唱**

よしや、身は深手を負ふて
いのち危くなりぬとも、
わが望み成し遂げずして
笑しくここに果つべしや。

**モルヂアナ獨唱**

さからに人を計りて計られしと
露だに知らぬあはれさよ、
汝が仲間《ともがら》
すでに滅びし今際《いまは》にも
なほ呼ばふ、聲を限りに。

この間に、ハッサンはやうやく正面の圓柱に辿りつく。喘ぎつつ銅鑼を叩く。が、何處からも答へる者はない。

**ハッサン獨唱**（重く、斷々に）

あゝ、事すでに破れしか、
應《いら》へなし
應へなし、あゝ
あゝ、あゝ。

柱に取り縋つたまま崩折れる、ずるずると階段にのめり込んで息絶える。
滿場總立ちになる。

**アリ・ババ獨唱**

底深き企みのあればこそ、
笑顔もて刄を包み
さりげなく
われらがいのち窺ひし。
あゝ、ところ清《すが》しき乙女子《をとめご》よ、
曇りなき智慧よ、光りよ、
いざ、共に汝を讃へん。

**カシムの息子**（モルヂアナの手を把り接吻する）

美しき憧れの君
おほらけき命の御親《みおや》、
今こそは照り明れ、二人がゆくて。

**モルヂアナ** （カシムの息子の裳《もすそ》に接吻して）

夢に見る憧れの君
逞しき翼の鳥よ、
今こそは遙々し、二人がゆくて。

**全員合唱**

華やげる二人の君よ
いつの日も幸《さち》くおはせよ、
鶯は夜明けをうたひ、
斑鳩《やまばと》は光りを飛びぬ、
野に山に聲は揚がりて
うららけき門出のあした。

二人はこの祝福の合唱の中にしつかり抱きあふ……

—靜かに幕—

---

## 原子論史正誤表（九月號）

| 頁 | 段 | 行 | 誤 | 正 |
|---|---|---|---|---|
| 一八 | 上 | 七 | …變ずる。色彩、… | …變ずる。その結果色彩… |
| 〃 | 〃 | 八 | …感覺的性質も又その結果が現はれ… | …感覺的性質も現はれて |
| 〃 | 〃 | 一六 | 「觴覺の器官」 | 「觸覺の器官」 |
| 〃 | 〃 | 二〇 | …に適當に | に適當な一致があると事物の微粒子構造は適當に… |
| 〃 | 下 | 三 | 鋲 | 鐵 |
| 〃 | 〃 | 二三 | 「感謝する… | 「感識する… |
| 一九 | 上 | 二 | …個處」を | …個處」に |
| 〃 | 〃 | 一三 | 「大さ、形、… | 〔形、大さ、… |
| 〃 | 下 | 一 | 粒に | 粒子に |
| 〃 | 〃 | 三三 | …存在する、 | …存在する |
| 二〇 | 下 | 二〇 | 粒子機械論 | 粒子的機械論 |
| 二一 | 〃 | 五 | …神界… | …精神界 |
| 二三 | 上 | 一六 | 微粒子機械論 | 微粒子的機械論 |
| 〃 | 下 | 五 | 說明の流を | 說明の流行を |
| 二四 | 上 | 一四 | 斥除 | 反撥 |
| 〃 | 〃 | 一五 | 要目 | トル |

# 路程標

赤木健介

## 第一信

信越線沓掛《くつかけ》驛近くの旅館でこれを書きます。夜霧は高原地帶に渦を卷いて流れ、窓から見える家々は水墨の潤筆の感じを出してゐます。

僕は、今日の晝は、社で例の通りの仕事をしてゐました。せかせかした氣持で、ちよつと外へ出たり、原稿の依賴狀を書いたり、訪ねて來た人に會つたりしました。三時過ぎの直江津行に上野驛から乘りこんだ時には、まだ仕事の餘熱《ほてり》が自分のからだを取り卷いてゐるのを感じました。

併し汽車が、赤羽を過ぎて大宮に向つて走る頃には、東京と、そして仕事とが、遠い遠いものになつてゆきました。始めのうちは、手帖をとり出して、仕事のメモを書きつけたり、數日來の豫定表で何か仕忘れた事が無かつたかと探したりして、せかせかした氣持にまだ囚はれてゐましたが、そのうちに、自分を繋縛する一切、仕事、生活、愛情、思想から解放された喜びが、強く強く、併し靜穩に湧き起つて來るのでした。

車窓から八月の雲を眺め、翳つた曠野に立つてゐる農夫の姿を、見えなくなるまで見送りました。出水あとの土には、まだ強い濕りがありましたが、泥をかぶつた甘藷の濃綠と紫の葉は生き生きと蘇生してゐました。僕はルックサックの中から、ヘルデルリーンの「ヒュペーリオン」を取り出し、三四頁讀んでは、また眼を窓外に轉じ、鉛色にぎらつく雲を眺めるのでした。もう、東京に置いて來た亂雜な堆積のことは考へませんでした。過ぎ去つたことを忘れるのは愉しいものです。

どんなに亂雜な網の目が、僕の周圍に絡まつてゐたか、おわかりになりますまい。それをほごすことは出來ません。旅から歸れば、またその中へ入りこまねばならないのです。併し今は、それを忘れてゐる事が出來るのです。そして或は、この旅行の中で得られた精神的體驗が、次の出發＝歸着に際して、結び目を解く上に何かの助けにならないとも限らないのです。が、先のことは考へないことにしませう。

車内は例によつて滿員で、通路に立つてゐる人も幾らかあります。僕の横では、中年の夫婦が向ひ合つて、愉快さうに話してゐます。僕の前には二十歳《はたち》から三十までの間だらうと思はれる女が默つてゐます。色の淺黑い、ひどい形容を以てすれば、爬蟲類に似た印象を與へます。車掌が檢札に來た時、ちらと見えた切符には長野とありました。して見ると、僕よりも遠く行くへわけです。物思はしげな暗い顏、――どんな經歷と、どんな事件が、彼女を一人旅させてゐるのでせう。

併し僕には、それを色々と空想するほどの興味は起こりませんでした。かうして、或るSympathyが仄かに湧いても、人間はお互ひに觸れ合ふことなく永久に別れてしまふものなのです。人間は可能性を死なしてしまふので、一番孤獨なのです。

ぽつぽつ理窟つぽいところが出て來ましたね。止めませう。併し「ヒュペーリオン」は、もつと理窟つぽい小説です。十八世紀特有の書翰體の形式をとり、高い理想主義の哲學と情感で貫いた教養小説《ビルドゥング・ロマン》です。それにも拘らず、ここには現實離れした空靈なものはなく、精神的にレアルなものが感ぜられます。人はこの作に浪漫主義を見出しましたが、僕はむしろ古典主義を感ずると同時にレアリズムをも感じました。

四五頁づつ「ヒュペーリオン」を讀み、また窓外の變轉する風景に見入ります。反對側から來た列車がすれ違ふ時に鳴らす汽笛は、鼓膜を破るほどに、窓際の人を震駭させます。

高崎を過ぎて、次第に山道を登つてゆく頃、時雨が降り出しました。下ろした窓硝子には、大小の水滴が、列車の進んでゆく方向とは逆の、一定の抛物線を描いて、見る見るうちに増えてゆきます。もういつのまにか夜です。

窓外の風景は見えず、本を讀むのもやめて、僕は空想に耽り出しました。「ヒュペーリオン」のやうな小説を書いて見たいといふ氣持が起りました。むつかしい言葉でいへば、疲癢を感じたのです。併しもちろん、自分にはヘルデルリーンのやうな不世出の才能は無い。また彼のやうに、極めて單純な構想を選んで、その中に多彩極り無いイデーを貫くことも出來ない。結局、僕が書くとしたら、自分の生活と思惟を、ありのままに書くより外はないのです。それは、俗界を超越したヒュペーリオンの生活や思惟とは、比較にならないほど低く小さなものです。而も、一貫した構想が思ひつかないほど、素材は混亂して居り、分裂して居ります。ただ、僕が小説を書くならば、それは今流行してゐるやうな、肩の凝らない、讀み易い作品とは大分違つたものとなるのではないかと豫想されます。小説と評論との中間物みたいになるかと思ひます。その點では、似て非なるものでせうが、「ヒュペーリオン」に僅か一歩近づくかも知れません。

何だか書いて見たい氣持が強くなりました。僕は色々とプランをこね返しました。さうかうしてゐるうちに、碓氷のトンネルも通り過ぎ、輕井澤の次の沓掛驛に着いたのです。時雨は、もうとつくにやんでゐましたが、その代り濃い霧が線路の上に流れてゐました。

# 第二信

沓掛を次の朝立ち、千ケ瀧から峯ノ茶屋を經て、淺間牧場を通り抜けて北輕井澤に下りました。此の日は、沓掛から、友人の弟で帝大の工學部にゐる學生が同行しました。彼は此の頃の學生には珍らしい――と見たのは僕のひが目で、學生の大部分が彼のやうなのかも知れませんが――眞面目な勉强家でありながら、快活で、朗らかで、無遠慮です。時々かなはないといふ氣のすることがあります。僕も年を取つたものです。とはいひながら、三十二といふ歲を、青春に後ろ髮を引かれてゐる歲のやうに自己解釋することもあるのですが。

この日は、爽快な青天ではありませんでしたが、時々雲間から直射光線が溢れ出し、シャツの外に露出してゐる腕は、やがて赤くなり、紫になり、黒くなつてゆくのでした。併し淺間には始終雲がかかつて、稀にしかその山頂は見えませんでした。我々は疲れると休み、火山灰の粒を拾つたり、牧場に寢そべつて放ち飼ひの牛や馬の群を眺めたりしました。一匹、みんなから離れて大きな白黑まだらの牛がゐて、下の方を通る我々の姿を見ると、兩脚を揃へてきちんと立ち、まるで觀兵式の指揮官のやうに威儀を正して我々を注視しました。我々は障碍物の無い斜面を、急に彼が駈け下りて來たらどうしようと、些かびくびくしながら通り過ぎたのです。

牧地の中に點在する茨の木は、棘が多いので、牛馬に食べられずに殘つたのでせう。その繁みの中にだけ、鬼百合や釣鐘草などの花が、隱れるやうにして咲いてゐるのは、外のところでは蕾も出來ないうちに、みな牛馬が食べてしまふからでせう。不思議なこの景觀は、僕に色々なことを考へさせました。譬喩を持つて來るまでも無いでせう。ギリシャ神話にでも有りさうです。

この日の豫定は、北輕井澤の大學村に、舊師の別莊を訪ねて一泊しようといふのでした。その旨は前から通じて、諒解を得てありました。名前を擧げれば誰も知つてゐる高名な英文學者で、奧さんも作家として著名な方です。牧場を下りて北輕井澤に入ると、桔梗や、黄色い百合に似た花が咲いてゐて、淺間の火山灰に埋れた地帶とは違つた印象を與へるのでした。靜かな夕暮どき、僕たちはそこへ辿り着きました。

訪ね當てた別莊に入ると、舊師の聲は聞えましたが、直ぐには出て來られませんでした。或は裸かで涼んでゐられたのでせう。こんな想像をしても、少しも失禮ではないと思ひます。

「下の俱樂部の、風呂へ行きませう。」

といはれ、我々は旅裝を解くまでもなく、汗ばんだシャツを着たまま、ただ泥まみれの靴だけを鼻緒のゆるんだ下駄に穿きかへて、下の方へ下りて行つたのでした。溪流の音が聞え、時々、鶯の啼く聲が聞えました。四邊はまだ明るかつたのです。

併し風呂から上ると、もう薄暗くなつてゐました。先生は、俱樂部の食堂で、我々に御馳走されました。メンチボールと、ポーク・カツレツと、サラダが出ました。その外に麥酒は四本も出ました。山間に在つて豪奢な宴會といへるものでした。

舊師は、ヨーロッパから歸られて、まだ餘り日を經て居られませんでした。それだけに、話題はヨーロッパのことになりがちでした。僕は、マラガとか、トーケーとか、名前だけは聞いてゐるけれども、いまだ試したこともない美酒について、色々と問ひただしました。先生はボルドー滯在のとき、始めは食事ごとに附く一本の葡萄酒を平げることも困難であつたのが、一月近くの無理强ひの滯留（その時は第二次世界大戰の勃發した直後で船舶の航程が混亂してゐたのでした）の間に、多少は酒量も擧つて、奥さんと二人で、葡萄酒の瓶をどうにか二本平げることが出來るやうになつた、と話されました。我々はそれを聽いて、心から笑つたものです。その外、色々と面白い話をきかされましたので、我々の食卓は絶えず陽氣でした。近來こんなに高笑したことはありません。

先生が用意されて來た懷中電燈の光をたよりに、落葉松の並び立つ寂しい道を通つて、山荘へ歸つて見ると、そこには先生の親戚に當る有名な統計學者の息が、兄弟連れで到着してゐました。この二人のお母さんは、ドイツ人なのです。さういへば、鼻の格好など混血兒らしく、日本人離れがしてゐます。二人とも、素直で感じのよい人柄でしたが、やはり僕とは世代を異にしてゐることが感ぜられました。或はそれは、何不自由なく育つた名家の坊ちやんに對する antipathy《ひがみ》 だつたかも知れません。若さに對する嫉視ではないつもりですが、ひよつとしたら、それが潛在意識的に働いてゐたのかも知れません、とにかく僕は、長いテーブルを圍んだ樂しい團欒の中に、何か不安定なものを感じたのでした。奥さんは、作家としても優れてゐるし、人柄も懷しく、僕の好きな女性のタイプなのですが、血續きの二人の青年に對しては、特別の愛情を以て話されるのがよくわかり、些か寂しい氣持が起りました。結局、僕は神經質で、ひがみ屋で、嫉妬深いのですね。

ところが、僕の連れの學生は、さうしたシチュエーションに對し、全く無頓着のやうに見えました。彼は、僕の舊師とは未見の間柄で、僕と同行したものの、始めは直ぐに千ケ瀧の彼が寄寓してゐる友人の別莊に歸る豫定だつたのですが、汽車の時間が遲くなつたのを理由に、この別莊に一泊してゆきたいとの意向を仄めかしました。もちろん、それは舊師夫妻の好意によつて躊躇するところなく受け入れられたのですが、僕一人は氣づまりを感じました。仕事をするために、靜寂の山莊へ籠つて居られる夫妻にとつて、四人の來客は隨分の精神的負擔であらうと推測されたからです。

この學生の遠慮無さは、彼の性格が純眞素朴であるだけに、ちつとも厭味なところがなく、僕がそれを取り立てて書くのは、却てパリサイ的な俗物性を自證するかのやうですが、なぜこの事に執着するかといへば、ふと、社の若い同僚で白井といふ青年のことを思ひ出したためです。もちろん、白井と彼の性格には根本的に違ふ點がありますが、無遠慮なところは共通です。白井と僕との關係については、もつと先になつて、書きたいと思ひます。

とにかくその夜は、終日の歩行の疲れで、ぐつすりと眠りました。

## 第三信

翌朝、山莊をかこむ落葉松の林には、霧雨が立ち罩めて、中々霽れさうにもなかつたので、我々は晝頃まで出發を延ばしました。僕はルックの中から、ぼろぼろのノートを取り出し、或る落着いた氣持で、旅行のメモを書きつけたり、まづい詩を作つたりしました。主人夫妻は、それぞれの部屋に籠つて、午前の靜けさの中で各自の仕事をして居られるやうでした。

僕のまづい詩をひとつ。

# 高　原

白樺の葉に霧が澱んでゐる
鶯は
谷間で木管楽器のミニュエットを奏してゐる
名も知らぬ花々は
すべて寂しい色彩だ
宇宙が閉ぢられた球空間であらうと
原子が幾次元の構造を持つて居らうと
やつぱり人間の感情は
フラウンホーファー線を嫌ふのではないか
地球を蔽ふ戰火を
たまさか忘れてゐることもあるのではないか
孤獨な旅人は
青い林檎・赤い蕃茄《トマト》のことしか考へない
それと同時に
人生の歡びと悲しみをしか考へない

それもよからう
強い歡喜と深い悲哀が缺けてゐるならば
Tagesleben は
火山灰に埋もれた不毛の土地でしかないからだ

晝頃、山莊を辭して、北輕井澤の驛に向ひました。學生は千ヶ瀧へ歸るので、北方の草津へ行く僕は、そこで別れました。

豫定では、その日のうちに澁峠道を登つて、香草《かぐさ》といふところまで行き、一泊するつもりだつたので、草津で降りても宿引きには構はず、そのまま歩き續けました。併し、よほど進んだ頃、行き違つた學生風のハイカーにたづねたところ、香草の溫泉宿には誰も住んでゐないらしいといふので、冒險を好む僕も、あつさりと思ひ返して、草津まで戻り、一泊することにしました。これは賢明でした。草津と熊ノ湯の間二十キロには、途中一軒の人家も無いからです。

實は、僕は草津にまだ行つたこともないくせに、一種の偏見を抱いてゐたのです。俗化した溫泉町だらうといふ先入觀があつたのです。併し、それほどでもありませんでした。宿の番頭も女中も親切でしたし、同じ部屋に入れられた相客もよい人でした。足の不自由なその人は、外へ出られませんでしたが、中學三年生の息子と、風呂から上つた後、町を一巡しました。

有名な時間湯で、浴客が湯揉みをしてゐるのを見物しました。大勢で、草津節を唄ひながら、熱い湯を板で揉んでゐます。その人々は、難病を醫さうといふ一心で、人々に見物されてゐるのを構はず、組長の指揮に從つて唄ひながら湯を揉んでゐます。唄はずに、默つてゐる人もあります。その悲しい表情は、僕の胸を打ちました。悲哀を求めて生きてゐるともいへる僕は、彼等の表情の中に、求めてゐるものが滿たされたやうに感じました。

翌朝、握り飯を作つてもらつて、宿を出ました。霧は濃く、細雨に近いものでした。併し休暇の日數が限られてゐるので、出發を延ばすわけにはゆかなかつたのです。別に健脚を誇るでもない僕は、前日の步行の疲れを、出發の時から感じました。ルックは肩にめりこみ、豆の出來た足は痛みました。けれども、僕は敢鬪精神で生き拔いて來た男です。前途程遠しと雖も、步けるところまで步く、――いな、目標としたところまでは行き着かずには濟まさないといふ信念に燃えてゐます。そこで步き續けました。

路程標は、ところどころに立つてゐます。白樺の木に打ちつけられてゐるのもあります。或るときは、それに落膽させられたり、或るときはそれに勇氣づけられたりするのでした。

霧雨はいつ止むともなく、進んで行く數步先だけは見えますが、他は一切灰いろの海です。ちやうど、海の中に伸びてゐる細い道を進んでゐる感じです。霧に埋もれた深い溪谷を望むとき、眼隱しされた死刑囚が、タルペイアの斷崖へ近づいてゐる時のやうな恐怖を覺えるのでした。晝近く、澁峠に達した頃、霧は漸く霽れ、時には陽光が僅かに洩れることもありました。

この道は、大小の石ころが散亂して居り、中々の難路でした。それに、熊ノ湯から草津へ向ふならば、下りが多いのですが、僕は逆コースを辿つたので、道の大半は登りで、靴は石にぶつかつて皮がむけ、疲勞の程度もはげしいものがありました。下つてくる人々が、みな二人以上で、僕のやうに一人步きをしてゐる者は無いこと、また年配もみな二十歲代であることは、僕に一種の誇りを感じさせました。併し、無益な勞苦と疲憊が、誇つていいものでせうか。ただそれは、何物かであるでせう。

　熊ノ湯の方から來た人々には、男女二人連れが多くありました。女の方が、大抵非常に若いので、兄妹なのかなと思ひました。併し、多くは、夫婦、または戀人同士だつたのでせう。さう思ふと、嫉妬といふ感じではなく、何か僕の心は痛みます。僕も、二人連れで來たかも知れないのに、愛情の破綻はそれを實現させなかつたのですから。そのことについては、又書きます。

　澁峠に達した頃、二人の高等學校生徒に追ひつかれました。携へた杖には、常念とか、槍とかの燒印が刻まれてありました。相當の mountaineer だつたのでせう。ジャム附のパンを二片分けてもらひましたが、彼等の僕に對する呼稱が「おぢさん」であつたことは、少しばかり僕を悲觀させました。戀愛ならば、彼等の有力なライヴァルであるかも知れないこの僕を。

　併し、脚の上では、僕はたしかに「おぢさん」でした。彼等は僕を追ひ拔き、間もなくその姿は見えなくなりました。ところで、山間に僕は何か哲學的なことを考へたでせうか。何にも。孤獨の心理的構造を突きとめる前に、僕は疲勞と戰ふだけに、精神を集約したのでした。鶯の歌も、non-interessé でした。石ころだけが、戰はねばならない敵でした。曇り日は、灌木の藪に灰いろの影を落してゐました。

　熊ノ湯に辿り着いたときは、まだ三時前でした。少し早かつたのと、旅館が滿員だつたのとで、僕は丸池までコースを伸ばしました。暫く歩いてゐると、軍帽を冠つたシャツ一枚の得體の知れない男と一緒になりました。近道を敎へるといふので、ついてゆくと、坦々たるバス道（熊ノ湯から以西にはバスが通じてゐます）から離れて、次第に道も無いやうな奧まつたところへ連れてゆきます。下は急な崖になつてゐるところもあります。僕は少々こはくなりました。道案内の男の人相はわるいし、服装も粗末だし、話し掛けてもはつきり返事をしない。背丈は低いけれども、なかなか、がつちりした體格なので、

「あんたは兵隊に行つたことがあるか？」

ときくと、

「ええ、まあ。」

と、あいまいな返事をするのです。怪しむべき人物だと思ひました。どこか離れたところへ連れて行つて暴力にでも訴へるのではないかといふやうな心配が起りました。その時はどうするか。――先の尖つた登山杖を持つてゐるから、それで斃れるまで防がう、などいふ先走つたことさへ考へました。

ところが二三キロ山道を行つた後のことです。先に立つた彼は、ちよつと立ちどまつて煙草に火を點けました。そしてくるりと振り向いて、

「お客さん、煙草いらないか。」

と言つて、緑いろの紙箱をさし出すのです。僕はその時位ぎよつとしたことはありません。自分の臆病といふよりは、陋劣を電撃されたからです。草津では煙草が品切れで、澁峠までに東京からの貯へを使ひ盡し、その時は一本も無かつたのでした。僕はおづおづと、

「有難う。」

と答へただけで、白墨《チョーク》のやうな「きんし」の一本を受け取り、彼の煙草から口移しに火を點けました。そのときの心理

は混亂し、暫くぶりで口にする煙草も、ちつともうまくはありませんでした。トルストイの「民衆の單純さ」といふ考へ方が、ちらと想念を掠めました。悔恨だけが僕に重くのしかかつたのです。

暫らくして、もとのバス通りに出ましたが、疲れた僕は彼について行けず、先に行つてくれるやうに頼んだところ、彼は快く承諾し、その姿は曲り角から直ぐに見えなくなりました。足弱の僕を導いて歩いてゐた彼のペースは、隨分僕のことを考へてくれてゐたのであつたことが、それでわかりました。

・休んだところは、小さな湖に面してゐました。そこでも、鶯と、ホーホー鳴く梟の屬の聲とが聞えました。湖の色は綠いろで深く、白樺の林が枝をさし伸べてゐました。

丸池ヒュッテまでは、それから三十分位の行程でした。日は薄曇りでした。

# 第四信

丸池ヒュッテでは、やはり部屋はすべて塞がつてゐましたが、冬のスキー・シーズンに、大勢の人を泊めるための、ベッドのある箱のやうな二層の部屋だけは空いてゐました。そこへ泊めてもらふことにして、行きずりの人々をも休息させる食堂で、僕は旅裝のまま、カルピスと西瓜を注文し、窓に沿うて丸池を展望してゐました。碧綠色の湖は、眼下に靜かな輪郭をひろげ、夕暮は間もなく湖面を浸し去らうとする風に見えながら、いつまでも躊躇してゐました。高原の暮れ方は、寒いほどの底冷えがしました。僕は上着をつけ、それでも我慢出來なくなつて、ルックからスェーターを取り出して着た位です。

どこかの部屋で、有名なチェリストが練習してゐます。曲はサラサーテの「チゴイナーヴァイゼン」です。食堂に出て來る連中は、學生や一つぱしの文化人らしい連中でした。僕はチェリストの演奏に反感を持ち、食堂で給仕女と馴れ馴れしく話す文化人に反感を持ちました。これもひがみなのですね。

やがて食事の時間になり、止宿者一同はこの食堂で一緒に簡素な夕飯を攝るのでした。一人で來てゐるのは僕位で、みな樂しさうに團欒しながら、幾杯もお代りします。併し默つてゐる僕をも、その樂しい雰圍氣に引きこまうとしたのでせうか、――僕の座席に近い女の人たちは、茶碗が空《から》になると飯をよそつてくれ、微笑さへ浮べて勵ますのです。ワンピースを着た、少し表情に險のある、そのグループでは指導者らしい三十近くの女《ひと》は、僕が遠慮してゐると、

「お食べなさいよ。」

と言つて、自分で盛らうとするのをさへぎつて、立ち上つて御飯を盛つてくれました。僕の心は和みました。

併し食事を終つて、監房のやうな箱型ベッドに戻り、早く寢につかうとしましたが、文化人たちは、いつまでも食堂の卓でピンポンをやつてゐます。球の跳ね返る音にまじつて、時々賑やかな笑聲が聞えます。

その上、やはり箱型ベットの一つに泊つた、土工ぢやないかと思はれる連中が、携へて來た燒酎でも飲んだのでせう、――七八人で猥雜極まる唄を高唱するのです。調子はづれのおけさ節を唄つてゐるうちはよかつたが、段々とその唄は卑猥になつてゆきます。眠れない僕は、いらいらしてきました。

――カーテンをまくつて、その方を眺めたところ、中に、晝間僕の道案内をしてくれた軍帽を冠つた男を見出して驚きました。僕にトルストイ的感情を起させた民衆の一人が、その亂雜な噪宴の中にゐるのです。

(俺の睡眠を妨げるんだから、あの素晴らしいエピソードも帳消しだ。)

といふ風に考へましたが、すぐにそれは消え失せました。民衆とはかういふものだ、――この卑猥な合唱さへもが、美

しい人間性のあらはれなのだ、といふ露西亞的思惟がちよつと浮んだが、それも直ぐに抹殺され、あとには熟睡ではないにしても、連日の疲れがもたらす深い睡眠が、いつとも知らず僕を壓倒してしまひました。

翌朝、ヒュッテを出て、湯田中まで二時間餘り歩きました。湯田中から電車に乘り、長野まで行つて、それから汽車で上野へ歸りました。旅路の終りには、いつも感傷が蔽ひかぶさるのですが、今度はどういふものか、大した感銘は起りませんでした。樂しい回想も無く、さうかといつて、つまらぬ時間潰しだつたとも思ひませんでした。日のあまり照らない行程に、腕と額が多少日焦けしたのと同じ程度に、氣づかない精神の收穫があつたことだけは確實でした。少くとも、僕を此の旅行に逃避せしめた原因となつた悲哀だけは瀉下し得たやうです。汽車が小諸・追分・沓掛あたりを通り過ぎる頃は、我知らず快い假睡に陷りましたが、その外の時には、讀みかけの「ヒュペーリオン」を熱心に讀みました。

ところで、その間に、今朝起つた面白い事件を思ひ出しました。

湯田中で、電車を待つてゐるうちに、改札が近づいて、みんなは列を作りました。バスを利用しないで、丸池から歩いて來た僕は、可なり前に驛に着いてゐたので、順番は相當前の方でした。これなら、大丈夫座れると思つて安心してゐました。四日續きの步行は、足の豆を大きくしてゐたので、是が非でも座りたかつたのです。

ところが、改札が始まると、横の方からばらばらと驅け寄つて、列に割りこむ連中があるのです。それは大抵子供でしたので、後の方の連中は厭な顏をしながらも、默つて叱りつけもしませんでした。

その電車は湯田中が始發でしたので、車輛は一臺きりではあつたが、全部空席でありました。併し僕が入つた時には、もう大部分が占領されてゐました。ふと見ると、隅の方に五つ六つ位の小さな女の兒が、蟲取網を長く伸ばして四人分位の空席を守つてゐます。僕はそこへ行つて無雜作に座らうとしました。

すると女の兒は、泣き出しさうな顏で、

「駄目だよ、そこ來るんだよ。」

と抗議します。僕はそれを可憐と思ふより、こんないたいけない兒に、さういふエゴイズムを教育する親たちに對する憎惡で心が一杯になりました。女の兒を睨みつけながら、

「駄目駄目、そんなずるをしちや。」

と言ひ捨てて、座つてしまひました。

少し遲れて、母親が入つて來ました。涼しさうな絽の着物を着た肥《ふと》り肉《じし》の奥さんでした。

「この人、取つてしまつたんだよう。」

と訴へる女兒に應答する前に、まだ空いてゐる席へ、別の男が割りこもうとしたため、彼女は懸命に闘爭しなければなりませんでした。

「年寄が來るんですから……」

といつて席を守らうとします。

「私だつて年寄ですよ。一體、順番で並んで待つてゐたのぢやないか。貴方がたの買切電車ぢやないんだから、自分たちだけよいことをしようといふのは無理でせう。」

と、五十近くに見える元氣な男は、容赦無く座つてしまひました。痛快に思つて、僕は聽いてゐました。

その後で喧騷の中に、どやどやと、その奥さんの連れが入つて來ました。なるほど、その中には六十近い耄けたやうな

お婆さんがゐましたが、彼女はどうにか座れました。奥さんは外の連中に、

「先へ参つて、席をお取りしておかうと思ひましたんでございますけれど……」

と辯解します。自分は立ち上りませんでした。譲るには、仲間が多過ぎたからであるかも知れません。

發車となりました。疲れでうつらうつしながら、耳に入る會話を聞いてゐると、この連中は輕井澤に別荘を持つてゐる夫人たちらしく、

「ちやうど歸る頃に、お風呂が湧いてゐますから、いい時間でございますわねえ。」

などといふ言葉も洩れます。

僕はちつとも憤慨しませんでした。民衆はこんな風ぢやない。――素朴な形式の中に暖い愛情を示すものであるといふ確信は不變ですが、かういふ有閑者流の陋劣さといふものにも、何か憫れなものがあるやうな氣がして、尖つた神經は次第に鈍麻してゆきました。とにかく、僕は座れたのですから……。


汽車が大宮を過ぎて赤羽に近づく頃、まだ夏の日は明るかつたのですが、黄昏の印象は芽を吹きかけてゐました。車輛の中には、慌たゞしい空氣が蠢めき始めました。色々の人が、色々の目的で、東京に近づいてゐる。或は、希望に燃えて憧れの大都會に始めて入らうとする少女もあるでせう。或は、東京の片隅につつましい生活をしてゐる息子に迎へられようとする老夫婦もあるでせう。

それは判りません。

だが、僕自身が何のために東京へ歸つてゆくのか、――それさへも判らぬのです。短い休暇を利用して、豫定のコース

を踏破したのだと言へばそれまでです。逝れ得ない仕事、生活、愛情、思想の繋縛の中へ、再び歸つてゆくだけのことです。天空の放浪者彗星にも、すべて軌道があるといひます。必然から脱出しようとして、必然に歸る歩みです。

併し、山間の孤獨から、僕は何も得なかつたのでせうか。思索も無く、がむしやらに歩き續けた旅程は、空白な數頁に過ぎなかつたのでせうか。さうでは無いやうに思ひます。何か新鮮な充實した感情があります。次第に多くなつてゆくごみごみした家屋の群團、黄ばんだ空を劃《かぎ》る煙突の林、煙塵と雜音……。懷しい都會、懷しい仕事。

ノスタルジァに胸顫はせながら、僕は前方を眺望してゐます。そこには未知の運命が、僕を待つてゐるかも知れない……。

（未　完）

# 帽子をかぶつた奏任官

竹田敏行

## 四

翌朝、奏任官は割に早く眼を覺ました。だが、彼は寢ぶくれた、黄色い、見苦しい様子をして、ながい間寢臺の上に坐りこんで居た。彼は昨夜の椿事をほとんど明瞭に覺えて居た。食堂や客間で大暴れしたことも、部屋の中で泣いた事も、扉の外で淺倉氏が「案外だらしのないぼんくらだな」と言つたことも、枕に頭をつけた時窓の外で避難民の聲がし、黄浦江の方で汽船の警笛が鳴つて居たことも、判然り覺えて居た。だが、どうしてそんな澤山の酒を飲んだのか、何であのやうに暴れたり泣いたりしたのか、彼には全然わからなかつた。要するにそこには非常によくわかつたことと、全くわからないことゝが一緒に存在して居た。そして、彼を不安に陥れたのは、この非常によくわかつて居ながら、全體として全くわけのわからない狀態が、昨夜の出來事ばかりでなく、已に上海へ來た時から始まつて居るやうに思はれることである。

彼は起き上つて、魔法壜に這入つた蒸溜水を二杯飮み、鏡の前に行つて髮の毛を叮嚀に整へ、服を着る前に帽子を探した。すると、帽子は部屋の中の何處にも見當らなかつた。彼は昨夜ちやんと鏡の前に帽子を置いたやうに思つて居た。然しそれは何かの錯覺かも知れない。彼はすつかり蒼くなつて、部屋中引つくりかへし、洋服箪笥の裏まで覗いて見た。帽子は影も形もなかつた。奏任官は悲觀してしまつた。ともかく、下へ行つてボーイに訊いて見よう。彼はあらゆる點で重い氣持になつて下へ降りて行つた。窓の外には暗い雨が灑いで居たが、燈りのついた客間にはもう別館の方から出て來た淺倉氏が、寢不足な不機嫌な顏をして新聞を讀んで居た。淺倉氏は別に本氣で讀んで居たわけでなく、何かの話にする積りで、眼についた個所だけ拾ひ讀みしながら新聞越しに方々を見廻して居たので、奏任官が下りて來るのを直ぐ見分けた。

「昨夜は」と淺倉氏が言つた。

「いや、どうも」奏任官はあたりを探るやうな眼付で見廻した。そして、間が惡さうに片手で自分の頭をさすりながら言つた。「しかし、君達はあれからどうしました。」

「いやあ、どうもかうもね。大田原が一寸その邊へ出ようつて言ふものでね。ぢや、まあ、といふことになつたんだが、つまらない所でつまらない事になつてね。その、大田原の奴が……だが、それはさうとして、昨夜遲かつたせいか今日は眠い……」

淺倉氏は死豚のやうに上瞼の厚い眼に皺を寄せて長々と欠伸をし、眠さうな體つきをして片手で口に蓋をした。二人とも間が惡いので少し默つて居た。丁度、その時、平らたい額の事務員が爪先き歩きをしながら奏任官のところへやつて來た。彼は奏任官の前に立ち止ると、まるで胃が痛んでたまらぬ人みたいに黃色い凋びた手を揉んで一寸もがいた。そして言つた。

「あの、落し物が御座いましたのですが。中に貴方様のお名前が這入つて居りましたので……御帽子が……」

平たい顔の事務員は何か素早く計算する時のやうに眼を一寸白黑させた。そして、一度引き返して勘定臺の後から奏任官のセピア色の帽子を取つて來た。

「では、矢張り、左樣でございましたか。はい、三〇六號室の齋田樣からおあづかり願ひましたので……失禮いたしました。」

事務員は帽子が確かに彼のものであることを確めると、また手を揉んで眼を白黑させ、爪先き歩きをして事務所の方へ行つてしまつた。淺倉氏はつまらなさうにそれを見て居たが、「貴方は飯を食つたら出掛けるのかな。さうか、ぢやあ、僕は貴方の部屋で一寢入りするからね。若し大田原に會つたら僕はもう居ないと言つてくれ給へよな。實際あいつが傑へながらやつて來るところは厄病神そつくりだ。あいつは直ぐ僕の居所を嗅ぎつけて來るんだ、こわいよ。」と言つて、さも眠さうに耳の上を搔きつゝ客間を出て行つた。

奏任官は帽子をかぶつたまゝ暫らく客間に立つて居た。それから、食堂で朝食を濟まし、三〇六號室の客に挨拶に行つた。多分食堂か客間で落したのだらう、すると昨夜の醜體も見られたに違ひない。彼はまた重い氣持になつた。

三〇六號室は奏任官の部屋の廊下を隔てた向ひ合ひにあつた。どうしたことか扉が明け放したまゝになつて居たので、彼はその隙間から覗いてみた。部屋には例の人嫌ひな若い男が居た。彼は內庭に面した一つしかない窓近くに、卓を前にして片肘をつき、入口に背を向けて赤い表紙の書物を讀んで居るところだつた。卓の上にはこゝで一般の人が呑む「ルビー・クイーン」といふ兩切煙草の罐が置いてあつた。部屋が暗い爲に、淺黑い相手の顏が一層黝んで見え、振り返つた時に彼の大きな眼の白い部分が一きわ白く奏任官の眼に寫つた。彼は奏任官の姿を認めると、訝しさうな顔付をして立ち上つた。奏任官の方も、今までこの若い男が自分の向ひ合ひの部屋に居ることを全く知らなかつたので一寸驚いた。

「帽子をどうも有難うございました。昨夜は、一寸、馬鹿なことに、酔つたもので……」

齋田君は唯默つて頭を下げたゞけだつた。そこで、奏任官は次の言葉が出なくなつた。部屋の模様は奏任官のと殆んど同じであつた。壁には何もなく、「防諜」と朱書した半紙が貼りつけてあつた。

「よかつたら、お掛け下さい。」と齋田君は言つた。勿論彼は奏任官が腰掛けることを豫期して居なかつたらしい。また、奏任官も腰掛ける積りはなかつた。それにもかゝはらず、さう言はれた時、奏任官は椅子の上に腰を下してしまつた。

「悪い天氣が續いて厭になりますね。」と奏任官は言つた。

「はあ。」と齋田君は答へた。

「上海には暫く御滯在ですか。」

「はあ。」

齋田君は何となく迷惑さうに見えた。奏任官は溜息をついて、憂鬱な眼付で床を見詰めた。

「どうも昨日は普段飲んだこともない酒を飲んだものですから。」と奏任官は言ひわけがましくまた言ひ出した。「どうして飲んだのか自分でもよくわからんのですがね。それに、此處へ來てから色んなことがわからなくなりましたよ。」

齋田君は多少困惑の態であつた。彼には何故奏任官が突然そんなことを喋り始めたのかわからなかつた。彼はぢつと奏任官を見ながら、單に帽子をとりもどしたといふ事實が、この男をこんなにお饒舌にしたのか知らん、といふやうな疑はし氣な眼付をして居た。

「この上海へ來てから、複雜で、矛盾撞着した、うか〳〵出來ないやうな狀態にばかり出會ひます。まあ、自分の仕事のことは別としてもです。これは小さなことかも知れませんが、例へばこゝには日本時間と上海時間と、時間といふものが二通りあります。始めの中はこれだけのことで實際頭の中がこんがらがるやうな氣がしましたよ。何だつて同じ場所に二通りも時間があるんですかね。新聞も日本側と支那側と英國側と三種類あります。それに人種が多くて混亂した氣分を與へる上に、みんなてん〴〵ばら〴〵なことを言ふ。」

齋田君は一寸笑ひかけて、下唇を嚙んだ。

「戰爭といふものや、それに附隨したことも、此處へ來てからよくわからなくなりました。色々の事實を見たり聞いたりして居る中に段々わからなくなりました。」

奏任官は頭をかしげた。そしてまた言ひ續けた。

「が然し、このわからなくなつたといふのは、實際は色々の本當のことがわかつて來たからだと思ふのです。事實といふものは割と理窟の立たない混亂したものですよ。內地に居ると、すべてのことを國家とか國民とかいふものが考へてくれるから、自分自身では特に頭をひねつて考へる必要がないやうな安閑とした氣持がして居たんですがね。此處へ來るとみんな自分で考へて、皆自分で責任を負はねばならぬやうな氣がするのです。で、色々の事がわからなくなつたのですが、これは結局自分自身の理解力や勘がよくなつたせいだと思ひます。多分こんなことを言つてもお分りにならんでせう、私自身にも判然りとはわからないのです。」

齋田君は煙草をとつて、燐寸をすつた。窓に背をむけた彼の顏がその光で赤く照らし出された。その顏には當惑と微笑が浮んで居た。奏任官自身も全く自分が何故こんなことを言ひ始めたのかわからなかつた。彼は喋りながら自分の手を重ねて卓の上に載せ、それを疑はし氣に見詰めた。彼が喋つて居る間中、齋田君はぢつと傾聽して居るやうな姿で眼を伏せて居た。だが、話が杜切れると、息を深く吸ひながら身をやゝ後に引き、指先で輕く卓の端を押さへるやうに手を置いて、半ば放心した眼付で相手を見た。二人は默つた。奏任官はその間一分程眼をつぶつて、自分の耳の中で何か侏儒《こびと》のやうな聲が早口にぺら〳〵と止度なく喋るのを聞いたやうな氣がした。で、彼は頭を振つて、語をついだ。

「失禮ですが、上海には何か御用で……」

「いゝえ。」

「すると?」

「通行許可證がないので。」

「ぢや、止むなくこゝへ滯在して居られるわけですね。」

「えゝ、まあさうです。」

齋田君は姿勢を變へて、兩手で赤い表紙の書物を摑んで起した。そして、暫く默つてそれを見詰めた後、言つた。

「漢口まで行きたいと思つて居ます。その爲に或る內地の新聞記者の肩書を貰はうと思つて手續をして居るのですが……」

齋田君は一寸聲を呑んで、手の中にある赤い表紙の本を無意識に引つくり返した。彼はためらつたが、再び言つた。「さうですね、どう言へばいゝかな、さう、若し僕に尻尾が生えて居たらそれを振るでせう。また僕に惡いことが出來たらするでせう。然し、振るべき尻尾もなく、惡いことも出來ない人間は――多分かういふ人間は早晚何かこつぴどい目に遭はずには居ないでせう。いはゞ、僕は自分が何かこつぴどい目に遭へばいゝと思つて居るのです。さういふ目に遭はないと僕は生きて行くべき足懸りを失つてしまふのではないかと恐れて居るのです。さつき貴方は、色々なことがわかつた爲にわからなくなつたとおつしやつたが、さうです、それは今の日本の我々にも同じことが言へます。學問をした人間、理解力に富んだ人間――かういふ人間のほとんど全部が、今の日本人では、わかつた爲にわからない人間です。こつぴどい目に遭ふ覺悟がないからです。生きる足懸りのない人間だからです。僕だつて何もこつぴどい目なんぞに遭ひたくない。けれども本物の人間として生きて行く足懸りを失ふことの方が一層恐ろしいですからね。」

話は杜切れた。二人の耳には隣りの倉庫の內庭でトラックにエンヂンをかける響と、誰か外國語で頻りに怒鳴る聲が聞えた。碼頭の方から、喘ぐやうに短く斷續する汽笛や、重く暗く尾を引きながら遠ざかつて行く蒸氣の音が、病みくすんだ空に響いて來た。窓の外の空は一層低く暗くなつて、霧のやうに霞んだ雨が、漂ひながら落ち始めた。この雨は實際雨などといふ概念では言ひ表はせない遙かに氣の滅入るものであつた。

齋田君は書物を手にして、奏任官の顏を瞳孔の開いた無感覺な眼で見詰めたまゝ默つて居た。奏任官はその眼をおそれた。彼は口を動かして何か言はうとしたが、思ひ直して立ち上つてお別れを告げた。

「お暇の時、何か話しにいらつしやいませんか。僕は向ひ合はせの三〇七號に居るので……」

彼は扉のところで振り返つて、一寸笑つた。だが、部屋から出て步き出すと、彼は自分が何故笑つたのか、齋田君の言葉がどういふ意味なのか、よくわからないのに氣付いた。こつぴどい目、わからない――彼は自分の部屋に淺倉氏が寢て居るのを思ひ出したので、廊下の眞中で立ち止つて考へた後、客間に新聞を讀みに降りて行つた。

十時だつた。客間にはほとんど人影がなく、例の澤山の背の高い椅子には、新聞を讀みに降りて來た五六名の連中が腰掛けて居るきりだつた。三つのシャンデリアの他に壁燈が全部ついて居たが、天井も壁も圓柱も暗かつた。舖道に面した窓から、濡れて鼠色に光つた街路、河風に傷んだ倉庫の棟、外國領事館の破風の濕つた十字架、建物の間に點見する黃浦江――などの灰色の光景が雨の中に煙つて見えた。碼頭へ下りて行く舗道には人の姿がなく、時々空《から》の黄包子を曳いた苦力がしょんぼり頭を濡らしながら通つて行つた。正面玄關の張り出しの下には、門番の印度人が二人雨宿りをして、ぼんやり庇から落ちる雨滴を眺めて居た。二人のどす黒い咽喉から、時たま嘆息するやうな聲がぽつり〳〵と漏れて來たが、なんだか唯寒いなあと繰り返して居るやうに聞えた。

奏任官は新聞掛けから新聞をはづし、硝子窓の下の椅子に腰を下してそれを擴げた。だが、やがて彼は頰杖をついて窓の外を見ながら色んなことを考へ始めた。こつぴどい目……彼は二三度眼をパチ〳〵させて心の內で言つた。わからない……然し何かゞわかつて來たやうだ。言葉はわからない、だが、なにか知ら漠然と齋田君の氣持や人柄を理解させる何ものかを摑むことが出來るやうな氣がした。確かに自分の中にも何かゞ起つて居るに相違ない。彼はゆつくり拇指の爪を嚙んだ。そしてこゝへ來て以來の周圍の變化について考へた……

## 五

この日以後、奏任官は再び以前の憂鬱な狀態に還つた。彼は再び工部局の關係者や、特務部の將官や、新設された官廳の要人に會ひに出掛けて行き、彼の頭は再び仕事の爲に混亂した。彼はよく朝飯をぬきにして、陰氣な樣子をしてホテルの正面玄關を出て行つた。そして、晩には淺倉市議や大田原や野村さんと食事をする事もあつたが全く元氣がなかつた。何故さうなつたか知らないが、彼は理解が增大したにもかゝはらず、一方では、急に自分が無能で役に立たない人間だといふ考へに脅かされた。

淺倉市議も大田原も野村さんも、彼にとつて憂鬱な存在となつた。淺倉市議は大抵午後から彼の部屋に居た。外出から歸つて來ると、彼はまるで鐵砲の彈にでも當つたやうに寢臺の上に仰向けにひつくり返り、手を擴げて、足や指先をピク

〳〵動かしながら眠つて居た。見て居ると、この男はかうやつて手足をピク〳〵動かして居る中に伸びふくれて來る怪物ではないかといふやうな奇怪な氣持がした。一方、大田原は、午後の四時頃になると、即ち夕食に間に合ふ時刻になると慄へながらやつて來る。相變らず退屈極まる奴で、食卓中の食物に鹽や胡椒をかけ、皆が歸つてからも彼の部屋について來て、シューッと齒の音をさせながら、二十分ばかり戰爭の噂話や、租界問題や、棉花の密輸についてさも重大さうに論じ、その合間々々に自分の就職問題を挿入する。それからまた野村さんはといふと、これはだん〳〵默り勝ちになつて來た。未だこの時は大トランクを賣りつけられない以前であつたが、早晩何か大物を買はせられる時が近づきつゝあるといふ豫感がもうこの時からして居た。

彼は晩に今までと同じやうに彼等と一緒に食事をしたり、客間で皆の話の仲間になつたりしたが、いつでも彼は情ない後悔した氣分にとりつかれて居た。そして、早く獨りになつて自分の狀態を充分に考へなくてはならないと思つた。だがまた彼は一方では獨りになるのを恐れて居た。實際獨りになると彼の頭は膨脹した。そして、病的に色々の疑惑を製造し始めた。或時、奏任官は獨りで客間の窓近くに腰掛けた。確かに自分には何かゞ起つたに相違ない――彼は先づさう推察して見て、それから此處へ來て以來の周圍の變化について考へた……

ホテルの食堂や客間では(街中どこへ行つても同じだが)社交的な挨拶はほとんど戰爭に關する話であつた。問題は次々と起つて來るので社交的な話題にはふさはしかつた。即ち最近では租界問題が主な興味の中心になつて居た。最近親日派の新政府要人が佛租界の自邸で殺されたが、二月に這入つてからは英國租界の南京路にあるレストランで特務部の者が射殺された。これに對する英國の態度、工部局の處置が問題となり、それは單なるこのやうな事件の續出としてゞなく、租界の存在に對する問題として論ぜられた。軍や直接政治に關係のない者は、方々で聞き嚙つて來たことや、出所不明の噂について論じ合つた。大田原や淺倉市議のやうな人間でさへ、時々鹿爪らしい顏をして堂々と論じた。彼等の言ふことがすべて聞き嚙りのニュースであることは明白であるが、それは或る意味で默認されて居た。大抵の人間が此處ではさういふことを一應論ぜずには居なかつた。「一體、政府の意嚮はどうなんでせうかね。全上海がですよ、日本軍の權力下にあるのに、軍服を着た日本兵が租界內を步けないのですからな」と彼等は新しく內地から來た者を摑へると恐ろしい劍幕で、恰もそのことについて重大な責任を感じて居るんだといふやうにまくし立てる。これが挨拶である。從つて、こゝではどんな下らない人間でも爲政者のやうな口吻で政治や外交を論じた。然し、では一體どうしたらいゝのか、といふことになると、實のところは彼等も內地の者同樣皆目わからなかつた。唯、此處ではその責任はみんな內地に居て戰爭の實狀を知らない政府の仕業であると言つて居た。

また、ホテルの客間の隅に据えた新聞掛けには、日本の新聞の外に數種の英字新聞が掛つて居た。奏任官は或朝、日本新聞を讀みに客間へ降りて來て、丁度それが無かつたので、英字新聞を覗いて見た。そして、それから每日ながい間かゝつて英字新聞を拾ひ讀みする習慣がついた。その第一面にはいつでもきまつてヨーロッパの出來事、即ち英國の對獨伊政策と支那事變に關する記事とが半分づゝ出て居た。奏任官はこれらの記事から特に新しい事實を發見したわけではなかつたが、河向ふに武裝した英國兵の見えるこのホテルに居ると、それが事實を超越した何ものかを彼に理解させた。この英字新聞には勿論支那側に有利な戰局記事ばかり載つて居て、全面的な支那軍の敗退には口を緘して居たが、漢水對岸の支那軍の兵力とか、局部的優勢とかについての記事が載り、やうやく支那側が反擊の機會に惠まれつゝあるなどと結論してあつた。然し、この二種類の新聞の他に未だ河向ふの租界內には支那新聞があつた。之は全く事實を超越した愛國的なもので、これによれば支那では每日爆彈五勇士といふやうなのが現はれて支那人の血を湧かして居た。奏任官の理解力の中に侵入して來て、彼を興奮と不安の狀態に陷れたのはそればかりではない。英字新聞に現はれるヨーロッパの出來事も、奇妙なホテルの雰圍氣の中では彼自身と個人的關係のある出來事のやうな感じがした。この數ケ月英國の神經を過敏にして居る出來事は、チェッコを手に入れた獨逸が、今度は西へ向つてポーランド廻廊及びダンチッヒへ鉾を向けようとして居るか、または東へ進んでウクライナ方面において露領とその堺を接する意圖を持つか、といふことであつた。スターリンが英國のロシア懷柔策を皮肉つた聲明が寫眞入りで大きく出た。そして、ロシアがドイツと政治的密約があるかの如く取沙汰され、ドイツはダンチッヒ問題を熱くするだらうと噂された。ところが、その數日後には、獨逸は東へ出て、ルテニアには獨逸兵とヒットラー黨員が充滿した、といふ記事が載せられた。地中海を中心とする佛蘭西と伊太利の爭も常に紙面を賑はし、最近ではスペインに新政權が確立するならば佛蘭西はモロッコへ兵を送るだらうと頻りに言はれた。これらの新聞を讀んだり、人々の話を耳にしたりした後で、奏任官は必ず色々のことが氣に掛り出した。彼には判然りした意見はなかつたが、戰爭といふものがすべて身近く、危險な、自分に責任のあることのやうに思はれた。しかも、それと共にかういふ興奮と不安を感ずることは自分の勘がよくなり、本當のことがわかつて來たからだといふやうな滿足感もあつた。

朝、彼は赤い絨氈を敷いた階段を、セピア色の茸のやうな帽子をかぶつて降りて來る。そして、がらんとして寒い客間の中世紀椅子に腰掛けて、シャンデリアの炎える薄暗い窓から外の舖道の光景を眺める。すると、彼には何かゞわかり始める。彼の頭は膨脹し、病的に疑問を製造し始める。かつて彼の生活になかつた不思議な興奮と寂寥とが脅かすやうに彼の頭に落ちかゝつて來る。鋸形に棟を並べる倉庫、外國領事館の壞れた破風の十字架、雨に閉ぢこめられた寂れた步道、その上をむつゝり苛立たし氣に行くユダヤ人の女、二人の印度人、難民の聲。――それから暗く曇つて息のつまるやうに低くなつて來る空……

奏任官は椅子の高い背に體をもたせかけ、そして、新聞を前に擴げて雨に閉ざされた蘇州河の上手の方を窓越しにぢつと見入つた。歩道の涯が霧雨にうずめられ、蘇州河の河緣や橋や郵政局の尖塔やらがかすかに影のやうに浮いて見えた。奏任官は片手を伸して冷い窓硝子を拭いた。然し、窓の外の光景は前よりは明瞭にはならなかつた。どういふ了見からか、彼は外を見ながら自分の顔を急にその窓硝子の近くへ持つて行き、今度は少しづゝ顔を其處から遠ざけた後、また再び急に硝子と鼻の距離がなくなる程顔を近づけてみた。そして、數回この實驗を繰り返して、さも感心したやうに首を横へひねつてから、また椅子に倚りかゝつて以前の冥想にふけり始めた。

## 六

或る日窓を蔽ひ鋪道をぬらして居た雨が止み、薄白い陽がホテルの屋根を照らした。一日か二日はまた曇つたが、その次の日からは空がすつかり晴れ渡つた。長い雨期が過ぎたのである。

食堂の鳥籠の中の鳥が囀り出した。そして、奏任官はこの何だか見當もつかなかつた情ない鳥がカナリヤであるのを始めて知つた。客間や食堂のシャンデリアが消え、小さな窓からは陽が這入つて來た。然し、碼頭に近いホテルや外國領事館、鋸齒狀に棟を並べた倉庫、憂鬱な長い鋪道――これらの上には相變らず煤煙が燻ぶり、空が晴れた爲に前よりも一層判然りそれが目に寫つた。ホテルの窓から見える隣の倉庫の內庭では、幾臺ものトラックが頻りにエンヂンを鳴らした。猪首で、人形のやうに丸い靑眼の外國人が、パイプを啣へながら絕えず事務所と內庭の間を往復して運轉手に何か命令して居た。然し、用のない時には彼は事務所の前の石段に腰掛けて、眼を細くしていつまでも空を見上げて居た。

下手《しもて》のさう遠くない黃浦江や碼頭からはいろんな汽笛やモーターの響がして來た。船の出入りも劇しくなり、ホテルの客も増した。ホテルの前の通りを二三丁歩いて、英國租界に通ずる有名なガーデンブリッヂへ出ると、其處では往還するトラックの群が道路に長い行列を作り、橋の袂の壞れたゴー・ストップの脇にターバンを卷いた王樣のやうな印度人と、白い棍棒を握つた支那人巡査とが立つて、頻りに手を振つて交通の整理をやつて居た。黑服を着て腰に拳銃を吊し、太い鎖にさげた呼子を首から掛けた印度人と、黃色い横線の這入つた制帽をかぶつて重さうに手を動かして居る支那人とは、時々喰ひ違つた指圖をしてトラックや自動車の群に混亂を惹き起した。そして、その度に四方八方で鳴らす喧しい警笛の中で二人の巡査は喧嘩を始めた。肥大漢の印度人はヒステリカルに印度語で絶叫し、仲間の印度人を呼び集めながら支那人巡邏を虐めにかゝつた。

橋の眞中には日本陸戰隊の屯所と並んで英國兵の屯所があつた。靑と赤の碁盤縞の半ズボンをはき、赤い房のさがつた帽子をかぶり、顏にコールドクリームを塗りつけた玩具のやうに派手なスコットランド兵が、屯所と橋の向ふ側の英國領事館との間を交代して行き來するのが見えた。橋のこつち側にもあつち側にも、通行證の檢査を受ける難民や苦力共が、長い列をなして道路に溢れ、或る者は前の者の肩を押しながら早口に喋つて居たが、或る者は默つてひもじさうな眼付で通る人々を見詰めて居た。

奏任官はホテルに歸る途中、度々ガーデンブリッヂの袂でバスを降り、暫くの間雜鬧する橋の上で息んだ。まるで人でも待つて居るやうに、ともすれば一時間以上も橋の手欄に倚りかゝつて、河の中を覗き込んだり、橋の往還を眺めたり、兩岸を見較べたりして居た。頭の上の空が白く霞んで、氣候は急に溫かくなつた。河の向ふ岸の英租界側では、穀物袋や材木や棉花や鹽やその他あらゆるものを積んだ戎克船が頻りに荷上げをして居る。顏の黑く燒けた靑服の苦力共が埃の中で蠅のやうにわめいたり走つたりして居る。トラックがひつきりなしに荷物を積んで行く。毎日お祭りでもやつて居るやうな工合である。奏任任は橋に倚り掛つてそれらのものを見た。そして、かういふふうに見て居る時、彼には何かゞわかり始めた。

だが、この何かゞわかり始めた狀態は、官廳の仕事の方面では奏任官によい結果を與へなかつた。彼は上海における產業狀態や施設の調査ばかりでなく、各縣の產物が所謂「占領地區」でどの位賣れて居るか、地區內の情況が產物の取り引きにどの程度保證を與へるか、その他色々のことを檢べ廻つて、方々の官廳や商會や專門家の事務所などで每日十回以上も惡いお茶を呑まされた擧句、歸つて來て報告書に何か書かうとすると急に彼の頭は混亂し始めた。そして、さうやつて居ると、丁度學生が試驗場に這入つて、からつぽの頭を抱へて考へ込んで居るのと同じやうな狀態に陷ちて行つた。彼は何か出鱈目でもいゝから書かうとたくらみ、手に持つたペンの先が詐欺と絕望でふるへた。

三月末の或る午後、奏任官は晝食を濟して大田原と二人で客間の鋪道に向いた窓の近くに腰掛けて居た。印度人の門番が陽の當る明るい玄關の前を、まるで自分の家の前を歩いて居る家主のやうに反《そ》りかへつて行きつ戾りつして居た。客間の人達の話聲がし、これから食堂へ出掛ける者や、食堂から出て來る者などもあつた。すると、急にホテルの外が騷がしくなつた。三臺の自動車が玄關の段の下に橫づけになり、支那人の子供が廻す廻轉扉から、新聞記者や寫眞班や二三の士官や、その他四五名の者に取り卷かれて、庇がそりかへつてぐしや／＼になつた帽子を頭に載せ、大きな鼠色の外套で着ぶくれた一人の老人が這入つて來た。明るい外から這入つて來たので老人は一寸眼がくらんで、手にした太い寒竹の杖を突いたまゝ立ち止つた。新聞記者がたちまち彼の周圍に集つた。老人はぐしや／＼の帽子の載つた頭を輕く左右に傾けるやうに動かし、咳拂ひをして、それから鉛筆と紙を持つて彼をとり圍んだ記者共に向つてゆつくり口述するやうに三四分喋つた。さて、記者が行つてしまふと今度は一緒に來た大きな口髭の大尉の話を默つて聞き、時々默頭いた。客間に居た人々の注目はたちまちこの蒼白い顔の白い短い鬚髯を生やした痩身の老人に集つた。その中には老人を知つて居る者も居て、立ち上つて側へ行つて挨拶をしたり、自分の友人を紹介したりし始めた、いつの間にか老人は澤山の人に取り圍まれてしまつた。老人の顔には多人數の應待に慣れた者によくある無表情な微笑が浮んだ。その微笑の中には、自分の周圍に人間が集ることに對する喜びと嫌惡とが複綜して居た。だが、人の數が次第にふえ出すと、彼の笑ひ顔の中には疲れた色が濃くなり、とう〳〵助けを求めるやうな表情で自分の秘書を探し始めた。そして、秘書が自分から遠く離れた所に居るのを見付けると、老人は腹立たしげに一聲何か叫んで、帽子を片手でしつかり摑みながら、まるで自分の周圍に寄つて來る人々を頑固に掻きのけるやうにして歩き出した。人々のうちにはわけもわからず唯漠然と集つて來た者も居て、人ごみから逃げ出さうと一生懸命に杖を使つて居るこの老人を氣の毒さうな眼で見送つて居た。

「あゝ、あれがS氏ですよ。」

奏任官は誰か側に居る者が言ふのを耳にした。

「あれがね、へえ。大した人氣ですなあ。」

S氏——奏任官も内地の新聞で時折その名前を見る有名な政治家は、後から追つて來ては話し掛ける人達に二言三言なにか喋つたり、一寸立ち止つて愛想よく相手の肩を敲いて笑つたりしながら階段を登り始めた。その階段の途中にはいつの間にか大田原が立つて居て、機械人形のやうに叮嚀に頭を下げて居た。

その夜S氏はホテルの二階にある大ホールで講演をやつた。その爲にホテルの中は例になく騒がしかつた。奏任官はその講演を聞かなかつたが、その晩おそく淺倉市議と大田原とが彼の部屋にやつて來て、租界の撤收、英勢力の驅逐、日獨伊同盟等について堂々と論じて行つたので、多分S氏の講演の内容はさういつた種類のものだらうと思つた。淺倉市議は十一時頃から自分でも何を論じて居るのかわからない様子だつたが、十二時になると半分眼をつぶつて、いびきをかきながら何處か自分の部屋へ歸つて行つた。市會議員が歸つた後、大田原は例のやうに、帽子をかぶつていまにも出て行きさうな恰好でうろ〳〵して居た。彼は奏任官がうるさがつて居ることを知つて居た。で、獨り言のやうな調子でこんなことを呟き始めた。

「S氏の秘書の奴とは中學時代の同窓でしたよ。糞眞面目な男でした。」奏任官は眠いので何も信じないで默つて居た。「然し、近頃ぢや糞眞面目な奴の方が遂には成功するやうですわ。」そんなら自分でも一寸は眞面目になればよささうなものぢやないか、と奏任官は思つたが矢張り默つて居た。大田原は一寸溜息をついた。チラリと横目を使つて奏任官を見て、またつゞけた。「もつとも、S氏にも二三回會つて話をしたことがあります。」大田原は齒の間からシューツと息を吸つた。「人物ですわ、S氏といふのは。お會ひになるならわたしが紹介してよいです。一寸面白いかも知れません。」

奏任官が一寸も面白くなささうな顏をして居たので、彼はもう一度最後にシューといつて遂に部屋から消え失せた。

翌朝、奏任官はいつものやうに帽子をかぶつて、暗い廊下を渡り、紅い絨氈を敷いた階段を食堂へ降りて行きながら、ふと昨日大田原が言つたことを思ひ出した。さうだ、會つて見てもいゝな、と考へた。今の世の中に主張を持つて生きて居る人間は恐らく偉いに違ひない。

大田原はその日一日中S氏の部屋に行き、S氏の卓で一緒に食事をして居たが、晩に客間で例のゆつくりした歩き方の若い秘書を奏任官に紹介した。秘書は奏任官が差し出した名刺を受けとると、何か他のことを考へて居るやうな眼付きでぢつと彼を見て居たが、明日の午後なら多分面會出來るでせう、と言つた。彼の血色のよい顏には焦點のない微笑が浮んで居た。この微笑は彼が絶えず色々のことを次から次へと頭の中で目算《もくろ》んだり、計畫したりして居る爲に惹き起されるやうに見えた。それから大田原が、自分はS氏と全然同意見だ、といふやうなことを頻りに辯じ始めた時、秘書は眞面目な顏をして默頭いたり、時々客間の隅や廻轉扉の方に眼をやつたりして居たが、本當は相手の言ふことを全然聞いて居なかつた。そして、掛りの女中が客間に降りて來て、秘書に電話が來たと報告すると、いま丁度そのことを考へて居た人のやうに早速立つて客間を出て行つた。

「あの男もあゝ急しくちや、成功する暇もないですわ。今度の選擧には代議士に出るとかいふ話もありますが、何せS氏には無くちやならん男でしてなあ、側を離れられんのです。昨日から一緒に一杯やらうと言ふとるんですが、可哀さうにその暇もないですわ。」

大田原は秘書が居なくなると、急に尊大になつて、かう奏任官に言つた。

翌日の午後、奏任官はS氏の部屋を訪ねた。部屋は二階にあつた。戸口まで行くと彼はS氏に面會するのが急に恐ろしくなつた。一寸の間、彼はまるで魂のない人間のやうに立つて、扉についた眞鍮の大きな把手を見て居た。するとその把手がひとりでに動いて、秘書の血色のいゝ顏がのぞいた。

S氏の部屋は控へ室のある特別室であつた。窓は可成り大きく、露臺が付いて居たので、他の部屋よりは明るかつた。部屋には何の飾りもなくて、汚點のついた四壁には「防諜」と朱書した貼紙がしてあるきりである。長方形をした樫材の重さうな猫足の卓と數個の古くさい椅子の向ふにS氏が坐つて居た。ホテルの丹前を着て、黑縁の眼鏡をかけ、椅子の背に倚つて英字新聞を讀んで居るところであつた。奏任官が部屋に這入つて來るのを見ると、側に居た秘書を尋ねるやうな眼で見やつたが、秘書から小聲で說明を聽いて始めて椅子から背中を起した。

「さあ、お掛けなさい。」とS氏は言つた。そして、奏任官がそこにあつた椅子の中に腰を下すやいなや、だしぬけに、

「どうですか、貴方がたはどうお考へです。この日本の動きはどうなります。」と言ひ出した。まるで彼の頭の中にはそのことばかりしかないかのやうな調子である。奏任官はいきなりこんな羽目に陥ちようとは想像して居なかつたので狼狽してしまつた。第一彼には確固たる主義も主張も有るわけがない。またS氏の光つた切れ長の眼や決斷力に富んだ語調から推量すると、彼の意見に反對のことを言ひでもしたらこの際危險であるに違ひない。彼は一寸赧くなつた。そして、租界の撤收について一昨夜大田原や淺倉市議が言つたと全然同じことを少しばかり喋つた。

S氏は奏任官の意見が餘り自分の主張に似て居るので、やゝ當惑した模樣だつた。

「いや、その通りです。」とS氏は笑ひながら言つたがその眼が奏任官をおびえさせた。「租界の問題は勿論その一端だが一事が萬事さうです。我々もさう感ずる。貴方がたもさう感じて居られる。この日本の動くべき道を感ずることの出來ぬ人間共は、現在の政界、財界、外交界の上層に坐して居る一部の人々だけなのです。事變が始まつて以來絶えず國民の感情と反對のことを行つて來たのは彼等です。彼等の英米に對する奴隷政策と叩頭外交です。それが牢として拔くことの出來ぬ彼等の傳統的觀念なのです。彼等は我々の東洋における立場を知りもしなければ、また知らうとも欲しません。利權や黨派爭ひで血眼になつた政治家と、英米依存の金融資本で膨れ上つた財界人と、無責任と無氣力で固められた官僚と、へら〳〵笑ひの外交に憂身に窶す外交官とを持つた日本の國民は、今日までよくまあこの困難に耐へて來たと驚くの外はない。英米に對して斷乎たる態度がとれないのは彼等の先天的世界觀の缺除と私利擁護の外ではない。兵隊が弱いからではない。軍備が整はないからではない。彼等の世界觀が弱いから、政治的見透しが眞暗だからです。わたくしは戰爭を好まない。戰爭を好まないが故に英米に對する斷乎たる處置を要求する。今にして英米を戰爭の未然に制する方策は、日本が東洋の問題に關して英米の干渉を許さない。日本がこゝでは一歩も讓歩をしない。指一本下手に觸れても日本は英米を相手に國運を賭するのだ、といふ態度を實地に示すことです。さうすれば我々は戰はなくても濟むだらうし、戰つても被害少く勝つことが出來ます。さもなければ日本は時の經つにつれて窮地に追ひこまれ、もつとも悲慘な立場において最も悲慘な戰ひを交へなくてはなりません。孫子を讀んで御覧なさい、上兵は謀を伐ち、中兵は交を伐つ、兵を伐ち、城を攻むるは戰《いくさ》の下の下だと言つて居ます。」

S氏は苦々しい微笑を浮べだ。そして、一息ついて、咳をして、前に乘り出して居た上體を再び椅子の背にもたせかけた。彼の顔は急に老人らしく凋んで、頸は子供のやうに細く弱々しくなつた。然し、再び身を起して喋り始めた時、その首は毒のある蛇が怒りを示したやうにふくれ、特徴のある眼が相手を脅かすやうに光り始めた。

「一體、我が國の政界、財界をくるめた上層部の人々は、闇夜に眼をつぶつて鐵砲を打つて居るやうなものだ。どこで何を打たうとして居るのかわけがわからない……」

奏任官は默りこんで聞いて居た。S氏の頸がだん／＼ふくれ、聲がだん／＼大きくなるやうな氣がした。彼は時々體の方々がかゆくなつたやうに手や足や上體の位置を變へた。露臺の方からは午後の陽が差しこんで居る上に、部屋の中はスチームの熱氣でぼーつとする程溫かつた。秘書は睡眠の不足と部屋が溫かいのとで、眠い眼を閉じて、S氏の後に坐つたまゝうつら／＼して居たが、卓上電話が鳴りさうになつたり、戸口で誰かの聲がしたりすると、大きな眼を開けて直ぐその方向へ飛んで行つた。その樣子は、恰もそんなつまらぬことまでちやんと彼の人生の豫算に這入つて居るかの如くであつた。S氏は丁度この午後何か喋りたい衝動に驅られて居たと見えて、歐洲の現狀についても小一時間も話した後、今度は經濟問題について話した。

「……若し經濟動員なくして戰爭を遂行するのであつたならば、戰爭を數ケ月で終結せしめる確信がなくてはなりません。ところが我々の戰爭はその何れでもない。政治的外交的に何等のプランも行はれないやうに、經濟的にも何等プランが行はれない。官僚の計畫經濟は經濟機構を畏縮せしめるばかりだ。これは勿論財界も悪い。が、官僚機構そのものゝ缺陷です。元來官僚は事務を執るべく備はれたもの、そこには罰則とか條文とか文書とか印判とか金庫しかない。國民の痛苦と、國民の感覺と、共に一喜一憂する政治の力、民族指導の力がない。外國を例にとれば、屢々國を亡ぼす者はこの無氣力で無責任で陰欝な官僚機構です。彼等はこと〳〵に政治に喙を挾んで來て、まるで政治を事務であるかの如く考へて居る。いや、かう言つても貴方の悪口を言ふわけぢやない。官僚の中でも若い人々の間には才能と眞摯を持つた人も居ると思ひます。然し、この官僚機構の中では才能もほどこすべき場所がない。だが、考へれば官僚をして政治に喙を入れしめる程日本の政治上層部が墮落して居ることは、情ない事だが事實です。わたくし自身の微力も恥ぢなければなりません。然し、です。あの陰欝な人々を相手にしては何事も出來ません。何か始めようとする。すると、たちまち彼等は何處からか上等の椅子を見付けて來て、見渡す限り陰欝な顏を並べて坐りこんでしまひます。あれらは椅子に坐りたがる一種の化物ですよ。あの人達はきつと日本の國が亡びてしまはぬ限り自分等の椅子がどんなものだが覺らんでせう。我々が運動を共にし得るのは椅子に坐りこみたがらぬ人々ですよ。若い民衆ですよ。我々の運動は若いこれらの人達、政黨でない國民の黨と共にでなければ……」

その時、入口の扉をかすかに敲く音がした。秘書が控への間の方へ出て行つた。一分もすると、秘書の後について一人の老人が這入つて來るのが見えた。大きな重さうな頭、賴りない子供のやうな歩き方、咳拂ひ——奏任官がいつかの晩客間で見た老人である。彼は赤貝の殼のやうな手をこゝろもち左右に擴げて歩いて來ながらS氏に呼び掛けた。

「相變らず御元氣ですね。」

「ほー」とS氏は相手に氣付くと眉をあげて叫んだ。そして暫く默つてその人の顔を見詰めた後に言つた。「隨分久しぶりで、貴方どうして居られた?」

「ずーつと支那に居りましたよ。」と老人は笑ひながら答へた。

七

S氏の印象は奏任官に感銘を與へた。彼は非常に感激して、その日から不意に人間が違つてしまひ、歩き方まで變つた。そして、大田原や淺倉市議や野村さんに會ふとS氏の口調で話した。

S氏の影響が上海へ來て以來傷み易くなつて居た奏任官の腦髓に特別な震撼を與へたのは勿論だが、四日たつてS氏が上海の或る倶樂部の大講堂で演說會を開いてから後は、上海の日本人達がすべてS氏的な氣分に魅せられたのは事實であつた。何處へ行つても租界の撤收や、英國に對する斷然たる態度や、ヨーロッパの情勢や、ユダヤ財閥に對する悪罵、がS氏の口調や用語や警句でもつて流行した。

奏任官もその演說を聞きに行つた。會場はこの上海では戰爭が始まつて以來、嘗てないほどの盛況だと聽衆が言つて居た。だが、九時過ぎに終つて倶樂部を出ると、街の中は眞暗であつた。長い間人々は眞暗な街路で口々に何か言つて居たが、やがて四方の暗い辻へ五六人づゝ固つて消えて行つた。街路には霧が降りて居た。濕つた重い空氣が、外へ出た奏任官の肩を押へた。倶樂部の前の通りは、所々消え殘つた倶樂部の燈りが光を落して、窓から霧の放射線を引いて居た。然し最初の辻を曲るとあたりは一層暗くなつた。奏任官は歸る前に少し歩いて見たかつた。それで、ホテルへ歸る道とは反對に吳淞路から壞れた塀や建物の間を通つて北四川路に出た。そして、暫く北四川路を歩いて、再び學校の長い塀に沿つた横丁を吳淞路の方角に引き返した。霧の中で甃石の上を歩く靴の音や、銃劍の鳴る音や、咳拂ひなどが聞えたが、どの街路も暗かつた。

丁度呉淞路の四辻に出た時、薄暗い外燈の下で奏任官は反對側から一人で歩いて來る齋田君に出會つた。彼は帽子もかぶらず、外套も着ずに一人で歩いて居た。

「許可證は下りましたか?」奏任官は角を曲つて、彼と並んで歩きながら言つた。

「いや。駄目らしいです。」齋田君は奏任官の方を見向きもしないで答へた。ひどく苛立つて居るらしく見えた。

齋田君が無暗に大股で歩くので、奏任官はそれについて行くのが大變だつた。

「僕はこの街が嫌ひだ、ひどいところだ。」

奏任官には彼の言葉が何を意味するのかわからなかつた。唯彼はます／＼急いで歩かなければならなかつた。ほとんど徒歩競走のやうな早さになつてしまつたので、彼は相手の歩調をゆるめようと思つて杜切れ／＼と喋つた。

「わたしは、今晩、S氏の講演を、聽きに行つて來ました・・・・」

「さうだ」と齋田君はその時突然立ち止つた。「もう一度行つて見よう。」そして、彼は奏任官の存在を忘れてしまつたやうに踵をめぐらして、元來た方角へ大股に引き返し始めた。ポケットに手を入れた彼の後姿は、點々と並んで居る外燈の光で見えたり隱れたりしながら遠ざかつて行つたが、たちまち暗い街路の辻で掃いたやうに消えてしまつた。

奏任官はあつけにとられて見送つて居たが、齋田君の姿が見えなくなると、溜息をして、さもくたぶれたやうな歩き方でホテルの方に歩き出した。彼は人の居ない客間を通り、暗い階段を上つて、自分の部屋の扉をあけた。部屋には浅倉市議が寢臺の上で寢て居た。彼は仰向けにひつくり返つて、手や足を時々ピク／＼と動かしながら眠つて居た。

「チョツ」と奏任官は舌を鳴らした。そして、暫くぢつと立つて、氣味惡さうに手や足が動くのを見詰めた後、部屋を出て再び客間の方へ降りた。客間には矢張り誰も居なかつた。だが、奏任官が其處で何をすることもなく立つたまゝで居る時、向ひ側の階段から數日前S氏の部屋で會つた、あの「ずーつと支那に居た」老人が降りて來た。

「やあ、やあ」と老人は階段の中途に立ち止つて言つた。そして、其處から奏任官を見下しながら一休みした。「まあ、待ち給へ、其處へ行つて一休みしよう。」

「君は支那は始めてゞ」

老人は客間の中世紀椅子に彼と向ひ合つて腰を掛けると、かう訊ねた。

「始めてゞす。」と奏任官は言つた。

「成程、それはまあよかつた。誰でも支那を見て置くことだ。日本人程支那を知らん國民はないのだからね。」

老人はゴムのやうな頭を前後左右に振つて咳拂ひをした。そして、暫く默つて卓の上に摑み合はせた自分の手を見た。

「君は非常にいゝ時來たのだよ……で支那はどうです。」

奏任官は老人の大きな頭と小さな曇つた眼とを見詰めた。そして、自分には今重要な事がわかり掛けて居る筈だと思つた。それは判然りとどんなことといふ風には言へなかつたが、毎日自分のアパートと官廳の門の間を往復して居た時には存在しなかつた、あらゆる本當のことがわかり掛けて居るのだと思つた。客間の中はしんとして居た。ホテルの地下室の酒場で誰かゞ笑つたり騒いだりする聲がした。玄關の前を歩いて居る印度人が、どういふ積りか、時々窓硝子に顏を押しつけて客間の中を覗きに來た。その光つた大きな眼玉が心配さうにギョロリと闇の中から二人の方を窺つた。

「具體的に何と言ふことは出來ませんが、兎も角支那へ來たのは非常によかつたと思ひます。戰爭とか經濟問題とかも、本質的なことがわかつたやうな氣がします。人間にとつて大切なことは、何がどんなものか、といふのを知ることでなくて、何をどう考へるか、といふ事ぢやないでせうかね。この上海には時間が幾通りもある。人間も幾通りもある。言葉だつて、法律だつて、正義だつて、道德だつて、みんな幾通りも存在して居る。――ですから、こゝに居ると判然り自分の立場を認識しなくちやならない。その爲に使ふ神經と判斷とは大變なものです。これが、急速にです、人間の理解力や判斷力を助成する結果になります。」

奏任官は今なにか喋つたのがはたして自分かどうか確めるやうに、一寸默つて唾を呑みこんだ。すると、その時彼の耳の後で侏儒共が早口に止めどなくペラ〳〵と何か喋つて居るやうな氣がした。奏任官は頭を輕く振つて言つた。

「此處へ來てから感じたことですが、租界の問題も非常に重要です。租界の撤收は必要です。英國の勢力を東洋から閉め出すことです。勿論、蔣介石政權を敲きつぶすことは必要ですが、その爲には第一に英國の勢力を東洋から驅逐することが必要なのは明白ぢやありませんか。」

奏任官はます〳〵自分でないものが喋つて居るやうなので一應そこで言葉を切つて相手の顏を見た。老人は依然として兩手を卓の上に摑み合はせたまゝ自分の拇指を眺めて居たが、奏任官の言葉が切れると、まるで相手の話なんぞてんで聽いて居なかつたやうな樣子で話し始めた。

「さうだな、このわづか二十數年の間に、日本と支那の關係はまるきり違つちまつたよ。支那の觀方と日本の現實とはきはめて喰ひ違つちまつた。どうしてから喰ひ違つちまつたか極めてわからんのだ。この喰ひ違ひは一つは日本人の從來の英米崇拜と、之を見習つた支那人の英米崇拜から來た結果だ。日本人は俄か成金が貧乏人を輕蔑するやうに支那人を馬鹿にする癖に、英米人に必要でもない頭をペコ〳〵するだらう。支那人が現に眼の前でこれを見てるもんだから、こりや俺達は英國や米國に縋つてさへ居れば間違ひないと思ふんだね。それだから喧嘩はいつも堂々廻りをやつてる樣なものさ。

日本が支那を押さへようとすれば、支那はます〳〵英米の力を借りようとする、さうすると注文通り英國が日本の邪魔をし始めるといふ風向きなんだ。」

老人は背中を丸くして、卓の上で荒毛の生えた赤貝の殼のやうな手を摑み合はせたまゝ喋つて居た。唯、その小さな曇つた眼がやゝ大きくなり、聲が一層低く、靜かになつたゞけだつた。

「これはだ、君、東洋人が西洋人の考へ方に迷はされた結果なんだ。日本は色々西洋の眞似をやつて見て、やつとこの頃になつてわかり掛けて來たんだが、支那だつてさうだ。日本には隨分遲れたけれどその曙光が見え始めて來た。それが蔣介石政權だ。何てつたつて支那は蔣介石一人で動いてるんだから偉いもんだ。かういふと支那を讃めてばかり居るやうで面目ない次第だが、さうぢやない。日本は東洋の先進國だ。そればかりぢやない。支那を導いて東洋における東洋文化を築き上げるべき、言はゞ指導者だ。だから、君、東洋の不幸事には責任を負つてやらにやならんわな。大體、支那をこれだけ日本から引き離したについちや日本にだつて責任が無いわけぢやない。日本の支那に對する外交――いや態度、に大きな間違ひがあつた。さう言つていゝのだ。第一革命の當時を思ひ出したらどうだ。僕はもう三十七年間支那に居るが、あの當時と今とぢやあ、日本と支那の關係がきわめて違つちまつた。支那の現實と日本の觀方が極めて喰ひ違つちまつた。

例へて見りやあ、まあ、かうだ。支那ぢや上海事變以來、三百五十名のエキスパートを各國から支那政府の下に集めて新建設運動といふものを手傳はせたのだがな。その內容といふのは、今から十年前に、各省に建設廳、中央に全國建設經濟委員會といふのを置いて、で、これで鐵道部や交通部を督促して鐵道五十萬キロ、自動車道百萬キロなどを始めとして支那全土にわたる建設を始めるといふのでな、數百億を掛けてこいつを作る案を蔣介石が實行に移したのが始めだが、これに拍車をかけたやつが、今言ふた各國のエキスパートを集めてやり出したやつさ。この案は調査にだけで數千萬圓かけて居る。然も着々行はれて居たんだよ。こんなことは日本人がまるで想像もしないで居た事だがね。さて、それで私の考へでは支那建設の基礎は幣制改革で一應は終つたものと見てさしつかへあるまいと思ふんだが、その時以後から今度の事變の一年前までの間に支那は十一億の鐵道借款をやつて居る。最初に金を貸したのがドイツだ。ドイツが、金額でいふとわづか三千萬圓ばかしだが、貸した。これに驚いたのが英國だ。英國は支那の實情を精しく視察した上で六億を貸すと言つた。これがリース・ロスの案だ。しかも彼等はこの金を貸すのに無擔保無條件でといふんだな。こりやあ以前に例のないことだが、然し支那の實狀はそれでも充分に信用し得るだけ變つて來て居たんだ。その時、日本も金を貸しちやどうかと英國から勸誘を受けたんだが、これに對して日本の外務大臣だが誰だかが言つたことはどうだ。支那なんかに金を貸したつて採算が附かんからお斷りする、といふのだ。ケチな話さ……第一飛んでもない見當違ひだ。これ程日本は支那を知らんのだ。」

老人は咳をして、一息ついて、暫くぢつと自分の手を見詰めた。食堂の燈りが消えて、大きな一枚硝子を張つた食堂の扉の向ふ側が暗くなつた。玄關で居眠りをして居た小さな支那人ボーイもいつの間にか居なくなつた。

「こんな例ならいくらもある。例へば今言つた幣制改革にしたところがさうだ。當時日本の有名な經濟學者がわざ〳〵支那まで來て視察した上で、幣制の改革など到底不可能だと述べて行つたよ。もつともその理由も大變妙だつたがね。ところが、その不可能だと言つた事を支那がやつたぢやないか。幣制改革の前年、支那主要二十八銀行の預金が約二十億だ。改革の御蔭で三億や四億は逃げたらう。すると、その直後は十六七億といふことになる。ところが、その三月から十一月末までの間にそれが二十六億になつて居るんだ。孔祥熙が一年六ケ月後に赤字なき豫算を組むと稱したことが事實になつて現はれたぢやないか。

支那は遲ればせながら近代國家の建設を始めて居たんだな。支那が英國の奴隷だつた時代は終つた。成程、そりやあ支那は英國から莫大な資本を借り受けて居る。然し、兩國の關係は違つて來た。支那に近代國家が出來上る事は、近い將來に支那から英國の勢力を追ひ出すことを意味して居た譯だ。ほつといてもいつかはさうなる建設の基礎が出來始めて居たんだ。日本が支那を指導し、支那が日本と協調して我々自身の文化を作り出すのが當然の道だ。ところが反對に、排日、戰爭だ。それにはわけがなくてはならん。それが、支那の現實と日本の觀方とが違つちまつたといふことなんだ。日本人は支那をもつと知ることだ。もつと支那を愛し、理解することだ。支那に對する態度を變へることだ。それがないなら、なんてつたつて駄目だ。みんな無意味だ。無駄になつちまふだけだ。」

老人は赤い眼をして、怒りを表現する爲にゴムのやうな大きな頭を前後左右に目茶苦茶に振つた。すると、その時客間のシャンデリアが一つ〳〵消え始めた。部屋の中が漸次に暗くなつた。

「日本と支那とが手を繫げないのは、我々東洋人が西洋人の考へにまどつて居るからだ。ところがこの東洋人と西洋人とぢや考へ方が根本において違ふ。西洋人の根本の思想は結局が個人主義と利己主義なんだ。見給へ、何々主義々々々々つてやつてるが、結構西洋ぢやもう行き詰つちまつてるぢやないか。みんな根が個人主義だからだ。西洋の人間共は澤山主義を抱へて海へでも飛びこんで亡びちまふがいゝさ。東洋人は考へ方が違ふ。

東洋ぢや違ふ。我々東洋人は主義に對して本來西洋人のやうに小利口ぢやない。我々は愚なのだ。だが、この愚、主義に對する勘の惡さ――これが西洋人にないものだ。私はかう言ふ――西洋のものは學ぶがよい。そして東洋のものは愛するのだ。私はかう言ふのだ――この愚、これが西洋人共を征服する。……然し、今夜はもう大分晩くなつたらしい。」

老人はうつかり話し込んでしまつたのに氣付いて、あたりを見廻はした。客間のシャンデリアは二人の頭上にあるのを殘して全部消えて居た。ガランとした客間の中には誰も腰掛け手のない中世紀椅子が並び、黄色い詰襟の服を着て、黒いボタンをつけた支那人の掃除夫が一人、長い棒を持つて玻璃硝子を嵌めこんだ高窓を一つ〳〵閉して廻つて居た。事務所の燈りも消えて人影はなかつた。

「ふうー、すつかり話し込んだ。はてな、一體何をしに客間へ降りて來たんだつたかな……」

老人は立ち上つて、額に片手をあてゝ考へながら、階段の方向へ歩き出した。奏任官は老人の姿が見えなくなるまでぢつとして客間の中央に腰掛けて居た。この愚、勘の悪さ――それから、彼は帽子をかぶつて、誰も居ない客間を、今老人が去つたのと反對側の階段に向つて歩き出した。最初の中階段に達しないうちに、彼の後で客間の最後のシャンデリアが消えた。彼は手を後に組み、頭を垂れて、急に闇になつたホテルの中をゆつくり〳〵登つて行つた。（未完）

# 編輯後記

あまり緊張した結果、心のゼンマイがはぢけたのであらう、長いスカートをはいた上品なおばあさんが、旗をふりながら、堂々と四辻に立つてゐる。綠が出ると、とまれと合圖する。赤が出ると、行けと合圖する。電車・バス・自動車・群衆——一瞬、おばあさんと、おばあさんのふる旗に目をみはり、かすかに動搖する。しかし、次の瞬間、誰もかもおばあさんの旗を無視して、信號どほりに、整然とうごきはじめる。それをみて可哀想なおばあさんは、自分の命令が實行されてゐるものと思ひ込み、ますます元氣よく旗をふりつづける。（K・H）


昭和十六年九月二十日印刷納本
昭和十六年十月一日發行

一部 三〇錢（送料三錢）（外地一割增）
六ヶ月 一圓八〇錢（送料共）
十二ヶ月 三圓六〇錢（送料共）

編輯兼發行人 東京市赤坂區溜池三〇 文化再出發の會 福池立夫
印刷人 東京市牛込區揚場町八 武宮敏一
印刷所 東京印刷所 電話牛込五一八一番
發行所 東京市赤坂區溜池三〇 文化再出發の會 電話赤坂（二二〇七番 二〇〇七番） 振替東京一五七九九六番
編輯所 東京市世田谷區大藏町一八三 中野秀人方 電話砧四一一九番

◇寄稿・寄贈・通信は編輯所へ

配給元 東京市神田區淡路町二ノ九 日本出版配給株式會社 會員番號 一二八〇八五番